Bølgegang

AF192009

Edition BOD

Om forfatteren:

Sandra Lüpkes blev født i 1971 i den tyske by Göttingen. Sin første bog fik hun udgivet hos forlaget Rowohlt. Parallet med dette samarbejde har hun hos Books on Demand haft stor succes med bl.a. sin samling af små kriminalnoveller Bølgegang. Det er derfor med stor fornøjelse, at BoD nu kan præsentere den første danske oversættelse af Lüpkes finurlige fortællinger. Sandra Lüpkes bor med sin familie på øen Juist, hvor også hendes kriminalnoveller udspiller sig. Hun arbejder som freelance grafisk designer, forfatter og redaktør.

Sandra Lüpkes er nomineret til en „Friedrich-Glauser-Preis - Krimipreis der Autoren" 2005 for sine kriminalfortællinger KLACKKLACK KLACKKLAC

Om bogen:

12 skarpe saltvandsindsprøjtninger fra den vindblæste Vadehavs-ø Juist er, hvad Sandra Lüpkes giver sin læser i krimisamlingen Bølgegang. Det idylliske ø-liv viser tænder, og dagligdagens nok så fortrolige hændelser forvandles til små uhyggelige gåder, når Lüpkes slipper sin fortæller løs i det lille ø-samfund. De 12 noveller er skrevet i en underspillet tone, og så meget desto mere bliver det tydeligt, at farer lurer overalt. En tur i svømmehallen tager en uventet drejning, og et helt almindeligt tupperware party får uforudsete konsekvenser. Kort sagt, intet er, som det ser ud... Glæd dig til de søde gys. Men pas på, de er stærkt vanedannende...

Sandra Lüpkes

Bølgegang

Et dusin kriminalhistorier fra kysten

Edition BOD

Læseoplevelser

Books on Demand GmbH er et moderne forlagskoncept, der forener innovativ trykteknologi med en klassisk logistik. Mange debutanter, etablerede forfattere og engagerede forlag benytter BoDs publikationsservice og beriger bogmarkedet med forskelligartede og spændende titler. Edition BoD er en række, hvor fremragende nye udgivelser får en helt speciel plads. Hver måned vil der inden for denne række blive præsenteret en månedens bog. Gå på opdagelse med programmet fra Books on Demand.

Du finder os på www.bod.dk

Til Ralf, som synes at mine romaner er for lange ...

Personer og handlinger i alle disse historier er fri fantasi.
Ligheder med nulevende eller afdøde personer er helt tilfældige.

© Februar 2005 Sandra Lüpkes

Omslagsbillede: Ralf Lüpkes

Fremstilling og forlag: Books on Demand GmbH, Norderstedt

Bogen er fremstillet efter on-Demand-Proces.

ISBN 87-7691-001-6

Indhold

Bølgegang

En del folk har angst for små rum, for edderkopper eller faste forbindelser. Nogle krymper sig ved tanken om at blive levende begravet, eller at skulle spise en tyk bønnesuppe med svømmende fedtøjne. Jeg har noget andet. Allerede fra barnsben af gyser jeg skrækkeligt for disse gitterstave i bølgebadet. Ja, lige der hvor bølgerne dukker frem, helt nede på det helt dybe. Jeg ville hellere begraves levende, spise en tyk bønnesuppe med fedtøjne end bare røre ved disse stave. Mens mine klassekammerater var skide bange for at King Kong skulle kravle ind gennem soveværelsesvinduet om aftenen, havde jeg mareridt over at skulle dykke i svømmebadet, hvor jeg blev hængende med den ene fod i dybet og ikke kunne nå op til overfladen igen. Derpå så jeg hulryggede damer klædt i violette badedragter nedefra og vidste, jeg ville blive hængende her, indtil jeg ikke havde mere luft og lidt længere. Uha, det kan ikke hjælpe noget, denne tanke giver mig stadig gåsehud den dag i dag. Eller en anden udgave: Jeg dykker og finder en åbning i det underjordiske hegn, og af uforklarlige årsager smutter jeg igennem. Men næsten omgående efter, at jeg er kommet ind i dette bølgedannende, rum er smuthullet naturligvis forsvundet, og jeg sniger mig frem og tilbage i mit fængsel, som en tiger i sit cirkusbur. Uuuf.

Sommetider tror jeg, at min barnlige, helt op i voksenalderen medbragte bølgebadsfobi, var noget i retning af et forvarselssystem for det, som ventede mig. I en sprød alder af sytten år blev jeg hverken forelsket i en graver eller en kok, men i en bademester ved navn Marco. På grund af de kraftige overarme og skuldre burde jeg have erkendt, at han måtte være en formidabel svømmer, tilmed lugtede han af klor ved hårrødderne.

Først da det var for sent, dvs. hvad er for sent, allerede den første aften slæbte han mig i landsbyens diskotek og forførte mig. Derfor var det allerede for sent den næste morgen, da han kravlede i sin sweatshirt og meddelte, at han skulle på arbejde. Hvor han arbejdede? I *Ocean Paradise*. Det er ikke sådan, at jeg lever i Miami eller

Malibu, på grund af navnet *Ocean Paradise*. Jeg bor i Østfriesland og aner ikke, hvorfor de har kaldt dette svømmepalads netop *Ocean Paradise*, idet der ikke er noget ocean i miles omkreds, men kun et sløvt vadehav uden for min dør. Beboerne rundt omkring det nye badeland var også voldsomt oprørt, alene ud fra antallet af læserbreve i »Østfrisisk Kurer« kunne der være udgivet en tyk bog. Men ikke nok med det: Der var demonstrationer og boykottrusler arrangeret af »Foreningen mod amerikaniseringen af det tyske sprog« og der blev diskuteret hidsigt, både i den lokale bodega og det nye Mac Donald hvorfor det netop skulle være *Ocean Paradise*, hvor der også fandtes så romantiske navne som Rejegrotte og Vadehavspalads. Men her arbejdede Marco.

Han var et ordentligt menneske og blev hos mig, da min mave begyndte at svulme. Som hans veninde kunne jeg fra nu af, så tit jeg ville gå gratis til svømning.

Marco holdt på, at jeg skulle benytte mig af det, idet jeg ellers måske blev for fed, eller at min ryg måske blev for krum. Derfor gik jeg dagligt til svømning. Altid foran, i bassinet for ikke-svømmere, hvor jeg lige kunne ligge i vandet uden at min efterhånden syvendemåneds topnavle skrabede mod bundfliserne.

Marco måtte løbe meget omkring i forbindelse med sit arbejde. Han måtte have et øje på vandrutsjebanen, et på spabadene, grottebruseren og modstrømsanlægget. Ocean Paradise er nemlig skidefarligt. Det svarer helt til sit navn med de dybe verdenshave, men faren lurer ikke så meget i bølgerne, som i de talrige effektdyser, som er anbragt i alle mulige hjørner og vinkler, og som pludselig sprøjter, helt uden advarsel. Altså, hvis du som svømmer bare ligger og plasker lidt, så kan du komme ud for, at der på sekundet stiger tusinde af bobler op omkring dig, samtidig maltrakteres dine nyrer af en massagestråle og på hovedet får du en tropeagtig skylle ned over din skilning. Så er muligheden der for, at man også kan drukne på knædybt vand. Det kan blive farligt.

Marco måtte have et øje på de rystende bedstemødre, de rynkede bedstefædre, de fede børn. Og jeg vil påstå, at han gjorde det godt. Slanke fruer i stramme bikinier havde især hans bevågenhed, de havde så sandelig ikke noget at være bange for i *Ocean Paradise*.

Hver hele time gik Marco ind i sit glasbur og tændte for mikrofonen: »Pas på, om fem minutter starter den næste bølgegang. Alle ikkesvømmere begiver sig ind i det afmærkede område, om fem minutter starter den næste bølgegang, god fornøjelse.«

Når bølgerne rullede ind, måtte Marco være ekstra påpasselig. Han stod ved enden af bassinet, de brune arme var anbragt på gelænderet, han lænede sig lidt frem og stod lidt overlegen med korslagte ben.

Hans gyldne kæde dinglede strålende gennem bølgetoppene, hans øjne gled hen over de svømmende og de støjende og springende, og han var, – det var jeg sikker på –, meget koncentreret og utilnærmelig. Selv om jeg selv for længst havde evakueret mig fra vandet, jeg kunne ikke svømme op mod mit hjertebanken, var jeg meget stolt over min Marco og hans argusøjne.

Men bølgegangen fik en ende, alle vadede op fra bassinet med undtagelse af dem, som virkeligt ville svømme, og det blev igen mere afslappet i *Ocean Paradise*, da en kvinde med magre, behårede ben pludselig skriger: »Jaqueline«.

Meget skærende og hektisk gang på gang: »Jaqueline«. Så højt, at det fuldstændigt overdøvede de rystende bedstemødre, de rynkede bedstefædre og de fede børn samt vanddyserne »Jaqueline«.

Marco var hos hende i lynets tempo, jeg selv med min kuglevom begav mig i samme retning, hvor der fremdeles lød råbet »Jaqueline«.

»Hun var her lige før. Lige før under bølgegangen! Og hun er god til at svømme og hun var lige ved …«

»Er hun måske på lokum«, spurgte Marco helt afslappet. Han virkede virkelig meget beroligende. »Eller hun labber en is i sig?«

Sammen med Jaquelines moder løb vi først hen til lokummet, derefter til iskiosken, – men ingen Jaqueline.

»Hun er klædt i en pinkfarvet badedragt, har lyst hår og er syv år gammel.«

Marcos kollegaer ledte som besat over hele svømmehallen, men ingen Jaqueline.

»Hun var lige i vandet under bølgegangen, på det dybeste sted og jeg holdt hele tiden øje med hende, og bademesteren passede jo også på hende, og hun havde også sin søhest …«

Men på vandrutsjebanen, i spabadene, grottebruserne, modstrømsanlægget, i omklædningsrummet, saunaområdet, dampbadet, højtalerbesked … ingen Jaqueline! Jeg var midt i det hele, tænkte hele tiden på disse gitterstave. Jeg havde kvalme. For mit indre øje så jeg Jaqueline i hendes pinkfarvede badedragt gribe efter disse stave, eller stavene greb efter hende, jeg var helt sikker på, at de fandt noget, hvis de ledte på det sted. Men jeg sagde ikke noget, fordi alle var så ophidsede og snakkede i munden på hinanden, men så dukkede politiet op, og det kom frem, at Jaquelines forældre var ved at blive skilt og skændtes om forældreretten, og at faderen havde truet med at bortføre barnet. Så syntes sagen pludselig at være opklaret, og eftersøgningen flyttede fra svømmehallen ud i den vide verden med efterlysning, fotos i ugevis uden resultat. Ingen Jaqueline, ingen far.

Og jeg blev mere og mere rund. Tit skelede jeg under svømningen, stadig næsten dagligt på det flade område, hen til bølgemaskinen og tænkte på pigen.

Tre uger senere ledte en folkepensionist efter hendes Gustav. Hun råbte ikke så højt som Jaquelines mor, men har nærmest gennemgået panikken i korte afmagts-anfald. Men derudover var ligheden mellem omstændighederne ved de to tilfælde slående: Bølgegang, Gustav på det dybe område, dygtig svømmer, top –kondition. Bølgegang slut, – Gustav borte. Ikke på lokum, kiosk, dyseområde, omklædning, – ingenting noget sted. Eftersøgning af politi og et rygte om en yngre elsker, som den livsglade dame midt i halvtredserne er flygtet med til Toskana. Igen var der ingen, som ledte i den bassinende, hvor der sker hemmelighedsfulde ting bag gitterstavene.

Først da Tamara Bienkopp under svømning på det dybe område forsvandt, blev der mumlet og spekuleret. Tamara Bienkopp var som bekendt den bedste svømmer på kysten af Østfriesland, vi gik sammen i folkeskolen, og hun vandt allerede dengang nogle medaljer og blev opfattet som et nordtysk håb til den næste olympiade. Ydermere, – og det var nok noget af det værste ved hele affæren – ,var hun en slags fadder eller protektor for Ocean Paradis. Hun havde både klippet det røde bånd over under indvielsen, og havde svømmet de første bassinlængder i det nye svømmebad. Og netop hende …, tja, jeg var ikke tilstede den dag, fordi det var kort før min nedkomst, men Marco har fortalt, at alle mente, der var noget muggent ved sagen. Den næste dag stod der prompte i »Østfriesisk Kurer«: *Igen en mystisk forsvinden i bølgebadet.* Og i »Østfriesisk- Avis«: *Tilfældighed eller flugt? Topatlet forsvundet efter besøg i* Ocean Paradis. I sagen Tamara Bienkopp kunne der heller ikke findes en plausibel forklaring på hendes forsvinden. Tværtimod: Træningsugerne til olympiaden stod for døren, hendes træner bedyrede, at hun var i topform såvel i crawl som i brystsvømning, og at hendes forsvinden alene skyldtes Ocean Paradis, han ville anlægge sag mod bademestrene på grund af svigtende opsyn med de badende. På den måde fik de helt store aviser nys om sagen, og der kom ikke en blæst, men en orkan af skriveri. Ekstrabladet med stor overskrift »Gysets bølgebad« og ugebladene og TV, selv om jeg normalt ikke ser disse udsendelser, så blev Marco uafladeligt interviewet, og der blev vist billeder af dette djævelske svømmebad, derfor måtte jeg kigge lidt.

Den dag, hvor mine første veer begyndte, har de tappet vandet af badet. Sporeksperterne forventede nogle resultater, idet man håbede at finde små stofpartikler fra Jaquelines, Gustavs eller Tamaras badetøj eller noget lignende.

Det tager 25 timer at aftappe 900.000 liter klorholdigt saltvand. At påfylde denne mængde varer 7 dage. Ind imellem gik en hel uge, hvor eksperterne undersøgte hver flise, hver fuge, hver dyse og alting.

Marco var med hele tiden, han fortalte mig om aftenen om de interessante fund: To vielsesringe, et kondom og overdelen af et gebis. Men et spor til opklaring af de tre personers forsvinden havde de ikke fundet. Det var noget møg, for *Ocean Paradise* havde nu været lukket i tre uger på grund af disse ting, og ydermere holdt badegæsterne sig væk på grund af den negative omtale. Hvis dette fortsatte, måtte de snart fyre Marco, fordi de var ved at gå fallit. Og hvad skulle der blive af os, som snart blev tre, og jeg havde ikke afsluttet min læretid, og vi levede kun af, Marco tjente som bademester. Til sidst endte det med, at jeg begyndte at tude. Som gravid er man jo super ømskindet, jeg kunne slet ikke få hold på mig selv. Imellem mine gisp slap det så også ud, at jeg slet ikke kunne lide at

11

gå i svømmebadet, fordi jeg var så skrækslagen for de gitterstave, og efter alle disse hændelser ville jeg slet ikke gå i svømmebadet mere. Han kunne passe så godt på mig, som han ville, jeg ville aldrig igen besøge *Ocean Paradise*.

Selvfølgelig var Marco ikke begejstret for det. Han havde især spekuleret på, hvem der så kunne gå til svømning med vores barn, fordi han skulle arbejde, hvis han til den tid overhovedet havde arbejde. Og til sidst har han virkelig overtalt mig til en vanvittig ide. Aldrig før eller efter havde jeg haft mod til at prøve det igen, men denne aften sneg Marco og jeg os hen i det tomme svømmebad udrustet med en lommelygte. Jeg rystede af alt det hyleri, men da han med sin nøgle lukkede os ind gennem bagindgangen, og vi trådte ind i dette helt mørke, tyste rum, mens vi barfodet alligevel hørte et ekko af hvert af vore skridt, ja du kan nok tænke dig det, jeg ikke bare rystede, jeg var selv ligesom vand.

Kom med i bassinet, hviskede Marco. Det er ikke så slemt, skal du se. Bag disse gitterstave er der kun et par små rum, hvor bølgerne dannes ved hjælp af trykluft.

Hvis jeg kunne have sagt et ord, så havde jeg sagt »nej«. Men nu luntede jeg så tavs som en fisk i det tørre bassin. Flisebunden havde et let fald, og de mørke omrids sagde mig, hvor bassinvæggene befandt sig. Vi var allerede halvvejs inde i bassinet, her kunne jeg normalt slet ikke bunde.

»Hvad sker der, dine hænder føles jo som voks« sagde Marco og trak mig længere ind i bassinet.

Så så vi dem. Gitterstavene. Kun to meter længere væk grinede bølgeanlægget imod mig. Jeg standsede. Mine nøgne fødder hæftede sig som sugekopper til det glatte skrånende gulv. Ikke et eneste skridt mere. Jeg mærkede gyset i dette lave fængsel. Tusinde mareridt fra min barndom, hvor jeg havde udmalet mig dette møde i utallige varianter den ene gang efter den anden, væltede ind over mig og omfavnede mig, som om vandmasserne var vendt tilbage til bassinet uden varsel.

Marco ville ikke opgive. »Kom, du klarer de sidste meter, jeg er her jo, det er slet ikke så slemt...« og pludselig: »Gud, hvor kommer de lyde fra?«.

... hvor kommer de lyde fra ... de lyde ... lyde, ekkoede det tilbage fra bassinvæggene og blandede sig med en plasken. Vand. Vand strømmede omkring mine fødder. Varmt vand. Badevand. »Fandens, har de lukket op for vandet?« råbte Marco rasende, men også lidt ængstelig.

»Nej«. Jeg var helt rolig. «Det har de ikke«.

»Men?«

»Mit fostervand er gået!«

»Her? Men hvorfor? Det kan da ikke passe. Vi må væk herfra, åh nej, lort, vi må afsted!«

Men en helt anden slags bølge rullede gennem min krop og jeg vidste, at vi ikke kunne tage afsted. For sent. Marcos og mit barn ville absolut fødes her, på det mest gyselige sted i verden. Om natten, i et mørkt, tomt svømmebad og direkte foran bølgeanlægget. Vi havde ikke tid nok, vi ville hverken nå ud til bagindgangen, til bilen eller til det amtssygehus med fødeafdeling, som lå trekvart times kørsel herfra. Skæbnen havde planlagt det anderledes, og efter nogle højlydte skrig fødte jeg vores baby, mens Marco svor og bandede og var bange for at miste sit job. For nu ville de have al mulig grund til at fyre ham, fordi han havde skaffet sig uberettiget natlig adgang til dette sted, og så det svineri på bassinbunden, – han ville modtage sine papirer i morgen.

Men det gik anderledes.

Fremfor sine fyringspapirer modtog Marco en rekvisition til at afhente en startpakke til sin førstefødte. »*Baby født i Ocean Paradise, mor og barn har det godt efter denne lynfødsel, far bademester har tjek på det hele.*«

Endelig en virkelig positiv publicity for badelandet. Marcos chef var ovenud lykkelig for, at aviserne havde fundet andre emner til deres forsider. På dåbsdagen, – du må gætte tre gange hvor den fandt sted – , kunne *Ocean Paradise* ovenikøbet konstatere en ny besøgsrekord.

Og dermed var det lige netop mig, som bevirkede, at det igen gik op ad bakken med svømmebadet og det fordømte bølgeanlæg. Lige netop mig. Og mit barn, som har fået et livslangt partoutkort til badelandet.

Vi har også foranlediget, at de mystiske eftersøgninger blev opklaret. Efter hele den tumult omkring fødslen i svømmebassinet dukkede Tamara Bienkopp en skønne dag op igen. Hun stod en skønne dag på parkeringspladsen med et badelagen om halsen, som om hun de sidste tre uger havde været til svømning. Men det havde hun ikke. Hun havde grebet lejligheden og var krøbet i skjul. Idet Jaqueline og Gustav også var forsvundet, passede det perfekt i hendes plan. Nå ja, planen: Tamara Bienkopp havde brug for penge. Guldfisken var nemlig også gravid med sin træner. Netop den træner, som havde tordnet mod Marco og hans kollegaer og ville sagsøge dem alle. Karriere og olympiadedrømme var forduftet på grund af den meget kropslige træningsmetode. Men så havde dette dygtige par allieret sig med hele korpset af militante *Ocean Paradise* modstandere. De gav det udseende af en bortførsel, for at skade badelandets omdømme. Var jeg ikke kommet imellem med min dramatiske nedkomst, så ville de være fremkommet med de første krav om løsepenge. På den måde ville Tamara Bienkopp og hendes træner have fået lidt publicity plus en pose penge. Ekstremisterne i»Foreningen mod amerikaniseringen af det tyske sprog« havde måske ovenikøbet kunnet gennemtvinge, at *Ocean Paradise* blev omdøbt til»Rejegrotte« .

Du kan tro mig, – det medførte en stor ståhej i Østfriesland. Men det er nu længe siden. Sammen med Tamara Bienkopp's afkom optræder mit barn nu som søhest.

Jeg går ikke gerne med i vandet. Marco griner altid af mig. Han siger, at nu er alt opklaret, Jaqueline blev dengang bortført af sin far, Gustav var rejst til Langbortistan med sin elskede, og Tamara Bienkopp's forsvindingsnummer var aftalt spil. Og nu måtte jeg godt stoppe med min angst.

Men jeg bliver hysterisk, hvis mit barn kommer bølgeanlægget for nært.

De kan opstille alle de forklaringer, de vil, men fakta er: Der mangler ethvert spor efter Jaqueline og Gustav. Og gitterstavene griner ondskabsfuldt og bredt dernede i dybet.

Pianisten

Jeg kender nogle tilfælde, jeg helst ikke vil fortælle om, fordi jeg så bliver betegnet som løgner eller historiefortæller. Tilfælde, som med hende den silikonepolstrede millionærfrue, som fik stjålet sin diamantbesatte bikinioverdel ved stranden i Marbella, uden at hun opdagede det. Og hun påstod hårdnakket, at hun havde haft den på.

Og når jeg fortæller, at den svejtsiske cykelprof på Tour de France fik stjålet sin cykel, som var skræddersyet til hans atletiske krop, direkte under sig på turens vanskeligste etape, så ryster de fleste mennesker meget sigende på hovedet.

Men det er ikke mig, som deklarerer disse umuligheder for kendsgerninger, nej, det er klienterne for det agentur, jeg arbejder for. Det drejer sig om forsikringssager. Og jeg er manden, som skal komme på sporet af alle disse mystiske hændelser. Og tro mig, cykelproffen har løjet for at kunne kassere forsikringssummen for sit tohjulede køretøj, allerede efter 48 timer kunne jeg dokumentere det, helt uden tvivl. Men millionærfruen sagde sandheden, synd for min arbejdsgiver, fordi BH'en var forsikret for en syvcifret sum, men hun havde ingen chancer for at bemærke dette kropsnære tyveri. Hvordan og hvorfor skal ikke udpensles på dette sted. Der er en anden historie, jeg gerne ville fortælle dig.

Først tænkte jeg, at det drejede sig om et instrument, et ægte Steinway flygel eller noget i den retning, jeg har før haft at gøre med sager angående disse afskyelige musikklenodier. Men nej, det drejede sig om pianisten, der ikke nåede frem til sit bestemmelsessted. En statelig, nærmest nydelig mand, der de sidste uger havde opholdt sig i Hamborg og nu skulle fragtes til Amsterdam sammen med en kvindelig spydkaster, et dansende barn og en krumbøjet olding af en speditør, der udførte disse specielle transporter.

Undskyld, jeg glemte at fortælle, at disse skikkelser ikke længere var i stand til at spille klaver eller andre aktiviteter, idet vi her taler om plastikprodukter. Om døde, blodtomme og præparerede legemer, som kun tjente til anskueliggørelse af pianisters og kvindelige spydkasteres anatomiske bygning.

Du har sikkert hørt om udstillingen.»Menneskelige kroppe« kunne man beundre i næsten alle byer, og folk stod i timelange køer for at tilfredsstille deres nysgerrighed, en blanding af videnskabelig nysgerrighed og grusom gysen.

Jeg indrømmer, at jeg selv har ventet en hel søndag på at komme ind, og at det kunne betale sig, helt ærligt. Jeg så også pianisten, han sad foran tastaturet, helt afskrællet ind til musklerne, ret som en lineal i ryggen, sådan at de enkelte trævler blev afspejlet på hver sin side af rygraden, og man fornemmede den åndeløse spænding helt ud til fingerspidserne. Jeg kan ikke rigtigt mere huske det voksagtige ansigt, jeg mener, at læberne stod lidt åbne, som om en tavs stemme steg op af den kødfarvede strube. Jeg ville give alt for at vide, om dette menneske var musikalsk, mens det levede, sagde jeg til min kvindelige ledsager. Men hun reagerede ikke på det, kiggede kun mellem benene på dette stakkels lig, men da jeg fulgte hendes blik, så jeg en mægtig penis hvile på klavertaburetten, et enormt, mærkeligt blottet svulmelegeme af en opsigtsvækkende længde. Ja, det husker jeg tydeligt.

Min chef var synligt ophidset, da han informerede mig om enkelthederne i hændelsen i sit grå, ryddelige kontor. Jeg må ikke nævne eksakte tal, de hører ind under min faglige tavshedspligt.

Men når man tænker på, at næsten en million mennesker besøgte dette tavse teater i hver by, kan man hurtigt regne skadens omfang ud, som opstod for arrangørerne og dermed også forsikringen efter pianistens forsvinden.

»Vi har ikke ret meget tid, hr. detektiv. Udstillingen i Amsterdam skal åbne om en uge, og fra dette tidspunkt skal vi betale, betale, betale, indtil den klaverspiller dukker op igen, hvis han da nogensinde gør det. Hvis taburetten foran klaveret fortsætter med at være tom for altid, så bliver vi åreladt, så det forslår.«

Jeg fniste indvendigt, selv om jeg vidste at chefen kunne blive meget ubehagelig, hvis sagens alvor ikke var gået op for en. Men hans fremtoning fik uvægerligt et billede frem i mig om, at han eller et andet bestyrelsesmedlem frivilligt kunne lade sig dyppe i polyester for ikke at ruinere firmaets budget.

Derfor lovede jeg ham at påbegynde mit job så korrekt og præcist, som han var vant til fra min side, skønt jeg ikke havde den ringeste anelse om, hvordan man finder en død pianist, som formodentligt aldrig har bokset et klaver.

Speditionsfolkene var allerede ved at aflæsse den kostbare fragt i Amsterdam. De kunne kun fortælle mig, at kroppene føltes som blødt stof, og at de var mægtigt tunge. Det fremgik af deres papirer, at pianisten omhyggeligt var blevet anbragt i en terninglignende kasse i Hamborg og på en skånsom måde var læsset på lastbilen. Fragtpapirerne var underskrevet af udstillingslederen, professor Elisabeth de Winter.

»Enhver af disse genstande er som et barn for mig« oplyste hun til protokollen. Selvom hendes fremtoning virkede alt andet end moderlig, kunne jeg klart se: Her var ingen krog, det kunne nytte at hænge sig i. Professor de Winter var interesseret i disse kroppe, fordi de var guldkøer, af hvis udødelige yvere der kunne malkes ren fløde.

»Det er desværre sådan, at vi er en torn i øjet på visse mennesker, især de militante modstandere, som i vores udstilling ser noget anstødeligt mod menneskeværdigheden, og de gør livet surt for os. Vi kender imidlertid alle disse personer, og vi har et godt greb om tingene«. De Winters afslappede udtryksmåde lod mig ikke i tvivl om, at enhver modstander var et nødvendigt onde, som dog ikke voldte hende bekymringer.

»Vi slipper ikke vore objekter af øje et sekund, de bliver taget ned og renset efter behov i vort laboratorium i Hamborg, hvor de om fornødent også restaureres og derefter fragtes til næste udstillingssted. Det er mig en gåde, hvordan en så stor og påfaldende pakke sporløst kan forsvinde. Havde det kun været en enkelt lever eller en skive af hjernen, det havde drejet sig om, så ok. Men hele pianisten?«

Denne kvinde syntes at komme ud for mange gåder i sit liv. Jeg havde næsten ondt af hende, sådan som hun stod og hjælpeløst knipsede et fnug væk fra sit grå sæt tøj samtidig med, at hun rystede på det kloge hoved. Men jeg var tvunget til at stille hende flere spørgsmål.

»Fru professor de Winter, kan De måske fortælle mig noget om, hvem der kunne være interesseret i dette plastprodukt?«

Dette var mig en fuldstændigt uforklarlig gåde. Hvem kan stille noget op med en bunke velformede muskler og sener, jeg tror ikke på perverse fetichister, medmindre det drejer sig om amerikanske spillefilm.

Hun svarede mig ikke, men jeg fortsatte mine spørgsmål: »Er De blevet afpresset, eller skete der noget unormalt under udstillingen i Hamborg?« Igen så hun bare på mig igennem hendes tykke læsebriller, og i hendes lyse øjne kunne jeg læse det samme spørgsmål, som jeg havde noteret på mit papir: »Hvorfor netop pianisten«.

»Han var dejlig« sagde hun omsider, og for første gang hørte jeg noget i hendes stemme, der mindede om varme.

'Dejlig' har for mig en betydning, som ikke har noget at gøre med et stillads med elastiklignende vævsstrenge, som normalt ligger under huden. Jeg tænker nærmere på en rød Ferrari eller på kvindeben, omgivet af stramme, sorte nylonstrømper. Men jeg godtog denne forklaring, skønhed er som bekendt en smagssag, og som sagt: Selv den kropsdel, som under klaverspillet nærmest tilfældigt lå og småsov på taburetten, var af en anselig størrelse.

Hvor skulle vi starte? Vi skulle finde en eller anden, vi ikke vidste noget om, udover at »menneskelegemer« på en eller anden måde havde fristet til dette særprægede tyveri. de Winter gav sekretæren besked om at udprinte alle forudbestillinger til udstillingen i Hamborg, det var en masse papir, for der forelå langt mere end 50.000 af disse forudbestillinger, men det var det eneste holdepunkt, som kunne give oplysninger om publikummet på udstillingen »Menneskekroppe«.

Vi havde kun seks dage til at finde, hvad vi havde brug for blandt alle disse adresser, og som kunne lede os til en person, som var interesseret i en død pianist med en lang pik.

Mandlige og kvindelige tidligere straffede personer, videnskabsfolk og medicinere blev frasorteret af vort team på ti personer. Der var ingen, der syntes, det var et sjovt sisyfosarbejde, men ikke desto mindre havde vi efter tredive timers arbejde reduceret antallet af de uendelige navnerækker til et overskueligt tal på ettusind udstillingsgæster. Vi viste denne liste til de Winters sekretær, men hun trak på skulderen og antydede, at ingen af disse navne sagde hende noget. Jeg sendte mine folk af sted, fordi vi kun havde fire dage tilbage og måtte se at finde noget. Der var nogle personer, som matchede med to af de kriterier, vi havde opstillet, og som var tidligere straffet eller syngende læger eller noget i den retning. Disse blev skygget. Selv valgte jeg tolveren blandt de udvalgte: Adelheid Spitz, biologilærer som spillede cello i fritiden, og som tidligere var straffet på grund af fornærmelser og tvangsanvendelse, det er utroligt, hvilke skæbner man sådan kan finde på internettet.

Det, som direkte pegede på Adelheid Spitz som mistænkt, var følgende: Hun skulle snart pensioneres og var, – hvilket jeg observerede under min første skygning –, meget lille og så tør og vissen som en gren uden blade, som ville blive blæst af træet ved det første vindstød. Selv kunne hun med bedste vilje ikke have fjernet kassen med pianisten, og i det hele taget talte alting imod, at denne beskedne, lille kvinde med det korte uskønne hår skulle være en tolver. Jeg fulgte andre spor, vi havde endog en nekrofil urolog på listen, men det viste sig, at han var ledsaget af sin terapeut under besøget på udstillingen og straks efter igen var blevet anbragt på den lukkede afdeling.

Da vi kun havde 48 timer tilbage, inden udstillingen i Amsterdam åbnede, genfandt jeg mig selv foran Adelheid Spitz's lejlighed i en faldefærdig ejendom. Jeg ringede på, hørte slæbende tøfler bag ved døren, bøjede mig ned for at hilse på den lille kvinde og præsenterede mig, uden at røbe i hvilken anledning jeg kom. Jeg skammede mig forfærdeligt ved at genere en medlidenhedsvækkende gammel mø på denne måde.

»Jeg er sendt fra organisationsteamet ›Menneskekroppe‹ – det var jo for så vidt ikke engang løgn.« Efter hvad vi ved, har De besøgt udstillingen. Syntes De om den, og er De parat til at svare på et par spørgsmål?«

Jeg havde udtalt sætningen i en venlig og rolig tone, men Adelheid Spitz knaldede døren i for næsen af mig med en sådan fart, at jeg ikke nåede at få en fod i klemme. Derfor måtte jeg banke på igen.

»Fru Spitz, fru Spitz!« råbte jeg til den hvidmalede dør foran mig og gjorde mig umage for at smile til dørspionen foran mig.»De behøver ikke at gemme Dem. Der var halvtredstusind andre besøgende på udstillingen. Vi ved godt, at disse plastikkroppe har udløst en voldsom etisk diskussion om menneskeværdighed og sensationslyst, og det er netop det, vi gerne ville tale med Dem om, fru Spitz, hører De?«

»Mon ikke jeg hører« peb hendes stemme fra lejligheden,«sig til Elisabeth at hun kan gå ad helvede til med sit vanvittige forsøg på at gøre mig tavs. Sagen er ordnet.«

»Elisabeth?« for det ud af mig.

»De er da sikkert også en af de føjelige hunde, hun har pudset på mig.«

Jeg studsede, tænkte et sekund, og så kom det: Professor de Winter hed Elisabeth til fornavn. Jeg skuttede mig.

Hvad nu, hvis denne grå mus Adelheid Spitz i virkeligheden var en af disse militante udstillings-modstandere? Men hvorfor havde hendes sekretær ikke omgående peget på det navn, da vi viste hende listen?

»Jeg siger ikke mere, unge mand. Ingenting mere! Eller tror De, jeg vil lade Elisabeth's slipseadvokater hænge mig en sag på halsen?«

Vent lidt, tænkte jeg og holdt op med at grine mod øjet i døren. Adelheid Spitz var straffet på grund af injurier og voldssomheder og nævnte i den forbindelse navnet på den kvindelige professor ...

»Undskyld forstyrrelsen, fru Spitz, De må have misforstået mig«, sagde jeg og vendte om på hælen.

Da jeg havde lukket porten og næsten var nået hen til observationskøretøjet, vendte jeg mig om og kiggede op på første sal, og jeg kunne have svoret på, at gardinerne bevægede sig, som om jeg havde overrasket Adelheid Spitz i at havde overvåget min retræte.

Jeg huskede og gemte hvert af de få ord, hun havde sagt til mig, gentog dem gang på gang, indtil jeg nåede frem til min arbejdsplads, lynstartede computeren og søgte efter berøringspunkter mellem disse to så forskellige kvinder.

Professor Elisabeth de Winter, denne kølige, men attraktive videnskabsvinde, som tappede blodet af årerne på de døde for at konservere dem for evigt til sine formål, samt den næsten femten år yngre Adelheid Spitz.

Da jeg fandt berøringspunktet, var der kun en frist på fjorten timer, inden Amsterdam åbnede portene, og taburetten foran klaveret skulle stå tom eller ej.Han hed Robert og spillede klaver. Hans hår var hvidt, og i den brede pande var der dybe furer, som om han bestandigt grublede over, om han ikke havde begået en fatal fejl. Men han og de Winter var et stateligt par, selv om han syntes at være en del ældre end hun, og selv om videnskab bestemt ikke var hans styrke.

»På presseballet sås også den berømte pianist fra Hamborg, Robert

Spitz, dennegang ved siden af sin nye fortryllende livsledsager, bio-kemikeren Elisabeth de Winter« stod der under det sort/hvide foto i Hamburger Abendblatt; udgaven var allerede mere end ti år gammel. Jeg havde også fundet dødsannoncerne, som stod den samme avis tre år senere. Det havde altså kun været forundt Robert Spitz og Elisabeth Winther at dyrke kærligheden i få år, hvilket virkede tragisk, men også mistænkeligt.

Der blev ikke megen tid til at beslutte sig, skulle jeg opsøge de Winter eller Adelheid Spitz? Hvem af disse to kvinder skjulte det mysterium, jeg måtte skynde mig at få opklaret? Havde jeg ikke lovet min chef at arbejde hurtigt, renligt og præcist og meddele ham, hvad der var blevet af den klaverspillende senebunke? Kun tolv timer tilbage.

Professoren var ikke hjemme, hun var allerede rejst til Amsterdam, meddelte den stressede sekretær. Om jeg allerede havde fundet pianisten, spurgte hun, og jeg kunne se på hende, at hun igennem de sidste dage havde levet i samme stressede atmosfære, som jeg selv. Jeg fik ondt af hende, hun havde sorte stramme nylonstrømper på, derfor trøstede jeg hende ...

Ti timer tilbage.

Denne gang lukkede Adelheid Spitz mig ind i lejligheden. Da jeg viste hende de gamle avisudklip op mod dørspionen, lukkede hun op uden at protestere. Vi blev stående i hendes mini-entre, skønt hun hentede noget kaffe, som vi drak stående, men hun opfordrede mig ikke til at komme med ud i køkkenet, som syntes at være forbundet med dagligstuen af en rundbue.

»Hun lærte min mand at kende gennem mig. Jeg kendte Elisabeth fra et seminar, hvor vi studerede de nyeste frembringelser inden for konservering af kroppe. Jeg skulle kun bruge denne viden til min biologiundervisning, men Elisabeth sugede hver sætning til sig, hun var helt vild med dette emne. Skønt,« hun nippede til sin kaffe, »hun var også vild med min mand, fordi han var så god til at spille klaver, som hun ikke havde en pind forstand på, men hun nærede en stor respekt for musikkunsten.«

»Har hun hugget Deres mand?«, spurgte jeg uden omsvøb.

Jeg havde forventet et forknyt nik, men Adelheid Spitz smilte kun stille.

»Jeg var ikke ked af, at han gik. Robert var en idiot, en selvglad hane, hvis De spørger mig. De bedste stunder, vi havde sammen, var, når han spillede klaver, og jeg kunne ledsage ham på min cello. Ellers var han i mine øjne en nitte. Egentlig tog hun en tung byrde fra mig, da han forlod mig på grund af hende …«

»De var ikke jaloux? De har ikke forfulgt Elisabeth de Winter, fornærmet hende eller truet hende?«

»Det påstår Elisabeth de Winter. Det er klart, at der var nogle uoverensstemmelser på grund af testamentet. Klaverspil kan gøre en temmelig velhavende, og ingen af os ville stå tomhændet i den situation. Men sagen var løst fra min side«.

Jeg er fra naturen udstyret med en stor portion skepsis, og jeg havde i denne situation meget svært ved at lade døren ind til dagligstuen være lukket. Jeg indrømmer, at alt i mig troede, der i et af værelserne befandt sig en krop uden hud og ventede på, at jeg skulle finde den og med speederen i bund fragte den til Amsterdam. Minutterne gik, og jeg var sikker på kun at være få skridt væk fra objektet for min faglige tilfredsstillelse.

»Hvad vil De egentlig opnå?« spurgte Adelheid Spitz omsider, efter at hun havde båret vore kopper ud i køkkenet.

Jeg var glad for dette spørgsmål. »Han er forsvundet«.

Hendes øjenbryn skød muntert i vejret. »Hvem? Min Robert?«

Jeg nikkede.

»Men han har jo været død i syv år« sagde hun grinende og selv med de største anstrengelser kunne jeg ikke spore nogen falskhed i den latter.

»Plastikkroppen er forsvundet, eller for at sige det mere konkret: Pianisten på udstillingen … bare væk. Nå, og så tænkte jeg, hvis jeg skal være helt ærligt …« Det er ikke tit, jeg er forlegen, men i dette øjeblik nægtede ordene at komme over mine læber.

Igen slog den lillekvinde en latter op. »De tænkte, at den konserverede krop er Rober Spitz?« Hun rystede på hovedet, og derved dryppede et par tårer ned på hendes bluse, men det var lattertårer.

»Er det ikke ham?«

»Jeg er sikker på, han ville gerne have været det. Han havde endog bestemt i sit testamente: Jeg efterlader hele min formue til professor

Elisabeth de Winter, til brug for hendes projekt ›Menneskekroppe‹ på den betingelse, at min krop vil blive præsenteret på en værdig måde. Sådan cirka var ordlyden.«

»Men«, fulgte jeg op.

Hun rødmede lidt. »Det er ikke ham. I hvert fald er han ikke »Pianisten.«

»Hvordan kan De være så sikker?«

»Hør her, jeg var nu engang gift med ham i tredive år. Der er et kendemærke, som kun Elisabeth og jeg kan bedømme korrekt, nå ja, og dette kendemærke er simpelthen – for stort ved plastikdukken. Jeg stirrede vantro på kvinden.

»Unge mand, forstår De det ikke? Denne pianist var jo ualmindeligt veludrustet. Kom ikke og sig, at De ikke har lagt mærke til det. Men min afdøde mands pik var mindre end en regnorm!«

Jeg fornemmede ligefrem, hvordan mit stillads af indicier og formodninger sank sammen, og jeg genfandt mig på bunden af kendsgerningerne, hviket vil sige: Jeg var komplet blank. Ingen brik fra puslespillet passede sammen i dette sammassurium af kroppe, penge og klaverspil. Jeg var frustreret, ja mere end det, jeg begyndte at blive rasende, kun ni timer …

Uden at spørge Adelheide Spitz med et øjekast, åbnede jeg døren, bag hvilken jeg formodede, dagligstuen lå. Værelset var tomt, med undtagelse af en dødkedelig skænk, en slidt sofa samt et træbord. Heller ikke i de andre værelser fandt jeg noget, udover de sølle møbler, der tilhørte en svigtet kone på tres år. Manden, som var fremstillet af væv og polyester sad et eller andet sted på denne jord, men ikke i Adelheid Spitz tre værelses lejlighed.

»Ved De, hvad jeg tænker på« sagde den lille grå kone, som helt roligt og stille var fulgt efter mig i min meningsløse besærkergang og med en let berøring af skulderen ville bringe mig til fornuft. Jeg kiggede tilbage og så på hende, sandsynligvis med et blik som en dreng, der ikke kan finde sin yndlingsbil og tigger om penge af sin mor til en ny bil.

»Jeg tror, Elisabeth de Winter selv har ladet pianisten forsvinde.« Adelheid Spitz udtalte denne sætning med en sådan selvsikkerhed, at jeg selv omgående troede på det, om end modstræbende. »Men hvorfor? Selv om hun har narret sin mand mod hans sidste vilje og på den måde har tiltusket sig arven på en uhæderlig måde, så er fru de Winter i mellemtiden blevet en stenrig dame, som sagtens kunne betale arven tilbage, uden at hun skulle lide afsavn. Af samme grund ser jeg også bort fra forsikringssvindel.«

Nu så denne kvinde direkte på mig, en kvinde jeg næppe ville have vendt mig om efter i på gaden. »Unge mand, her drejer det sig ikke om penge eller liv. Det drejer sig om døde...«

Så fattede jeg det. Jeg så på klokken, og da jeg sprang ned ad trappen og ind i bilen, havde jeg otte og en halv time tilbage. Jeg overså de store blå skilte med legende børn og prøvede på at ignorere vejbumpene. Jeg måtte nå motorvejen på kortest mulig tid, og mit mål var Amsterdam. Otte timer tilbage ...

Saftigtgrønne enge med græssende kvæg fløj forbi, jeg drønede gennem Elbtunellen, og to timer senere fræsede jeg under Emsen og over grænsen. Amsterdam bød mig velkommen i sin helhed og helt uoverskueligt. Jeg var selvfølgelig ikke den eneste, der ville nå frem til den gamle lagerhal oppe ad kanalen. Udstillingen åbnede om en time, og det så ud, som om hele landet ville aflægge udstillingen besøg. Naturligvis kimede min medbragte mobiltelefon påtrængende og energisk med regelmæssige mellemrum. Men hvis jeg havde svaret, ville jeg have beskæftiget mig med en sag for meget.

I løbet af turen fra Hamborg var jeg først rigtigt blevet klar over, hvad jeg egentlig søgte efter: Efter en krop! Efter et legalt lig, et stuerent lig. Det var noget helt andet end at finde milliontunge BH'er eller smalhjulede jernponyer, her måtte jeg dybere ned i dyndet af usandsynligheder.

Da mine overanstrengte dæk endelig kunne standse på et sted mere end en kilometer fra målet med absolut stopforbud og det hele – jeg var jo i en slags nødsituation og til og med i Nederlandene – kravlede jeg sveddryppende frem bag rattet, forbarmede mig over den nervepirrende skingren fra min telefon og tog den. Det var bossen.

»Hvor i hedehulehelvede gemmer De Dem, jeg har prøvet at få fat i Dem i fem timer!«

»Jeg er meget tæt på, boss, sagen er straks opklaret. Jeg har brug for nogle få minutter!«

»De burde have besvaret mit første opkald, så ville De for længst kunne have holdt fyraften, min kære!«

»Fyraften?« Jeg blev gloende hed, for jeg vidste, hvad der nu ville ske.

»Objektet er tilbage igen. Kort før udstillingen åbnede, dukkede det op på en anden lastvogn. For os er sagen løst, der var sket en fejltagelse i firmalogistikken.« Jeg kunne høre hans veltilfredshed og lettelse af hver stavelse, han udtalte, men jeg blev overfaldet af en helt anden følelse: Jeg blev sur!

»Hvad er det, De siger? Det drejer sig da ikke om et objekt, chef. Det er en ...

»Bare helt rolig« afbrød den irriterende rolighed i den anden ende af telefonen.

De får Deres penge, omkostninger og diæter som aftalt! Opgaven er hermed afsluttet.« Derpå forstummede stemmen fra Hamborg, og jeg stod alene og forsvedt i Amsterdam på en forpulet parkeringsplads, som ikke var nogen parkeringsplads. Sure opstød plagede min tørre hals.

Endelig gik jeg nogle skridt forbi den ventende kø på venstre side, klemte mig forbi de ventende, levende kroppe og fik adgang ad bagvejen ved at vise mit skilt. Og nu så jeg ham, pianisten. Stiv og sympatisk på samme tid, ækel og ophidsende, hænderne på de sort/hvide taster, som aldrig ville blive trykket ned, ryggen spændt som vingerne på en albatros. Han var tilbage.

Jeg rørte ikke ved ham, men gik nogle skridt hen imod ham og lod mine øjne glide ned over de stramme arme, ned over mavemusklerne og hen til taburetten, som han sad på.

Jeg var ikke i tvivl. Det var en anden krop end den, jeg havde set i Hamborg, uvidende og kun flygtigt. »Mindre end en regnorm« lød Adelheid Spitz' ord for mine ører. Ja, mon ikke den var lille bitte, den orm på klaverbænken. de Winter havde byttet om på figurerne, uvist af hvilken årsag. Jeg antog, at det havde at gøre med Robert Spitz' testamente, men det havde ikke noget at gøre med penge. Det var vigtigt for hende, at ›Menneskekroppe‹ nød et ligeså sterilt omdømme, som de udstillingsobjekter, man tjente penge på.

En bølge af forargelse rullede hen over mig, så kimede min mobiltelefon, fordi en forsikringstager uanfægtet påstod, at hans fyldte swimmingpool var nedbrændt. Også et kuriøst tilfælde.

Skal jeg fortælle dig om det?

Tupper – party

Et genskin, halogenlampen med det bløde, noble lys fejede hen over damerundens ansigter. Det krøb i urvisernes retning over pudrede næser og hjemmestrikkede mohairpullovere.

Da Mechthild Schäfer drejede den glatte plastikgenstand rundt i sine perfekt manicurede hænder, kastedes genspejlingen tilbage. I et kort øjeblik blev pupillerne i de seks interesseret åbne øjne over for hende, indsnævret.

»Den passer jo slet ikke ind i min dybfryser«, udbrød Anke og lænede sig tilbage i den cremefarvede lænestol, samtidigt med at hun fiskede flødekagen fra den fornemme kagetallerken.

»Du har brug for en kummefryser, min kære« peb Siggi ved siden af hende, og det lød så sødt som lagkagen på tallerkenen, men ekkoet var ætsende.

»Tupper er ikke bare beregnet til dybfrysning, Anke«, lød det fra hjørnet, hvor Elma sad. Kun Mechthild smilede stille og venligt. »Det er jo det smarte. Hvis du lukker låget korrekt, og det vil sige: stryger fra den ene side mod den anden, indtil der lyder et lille klik, så holder indholdet sig frisk meget, meget længe, du behøver ikke at fryse det hele.«

Mechthild ligefrem celebrerede ordene. Hun åbnede det pinkfarvede låg med et lille »plop«, og strøg derpå næsten ømt den ovale plade ned over den mandshoved store beholder, hun gentog det i en uendelighed.

Anke stirrede på de fejlfrie fingre, på de perlemorfarvede, let buede negle og de mange ringe, som hun så ofte havde beundret i »TV-køb«. Og den ene, den med den kvadratisk slebne sten og med mindst femhundredeogfemogfems guld, til en særpris af kun trehundredenioghalvfjers i stedet for firehundredenioghalvfems, men kun ved omgående bestilling, sad igen på Mechthilds hånd. Den overstrålede alle de andre smykker, især den glatte, smalle ring på Mechthilds højre ringfinger, som hun stadig bar til minde om sin afdøde mand. Den mangel på smag ødelagde Ankes appetit. Hun satte Østfriesland-lagkagen tilbage på glasbordet.

Hun kom i tanker om den lille efterkravs-pakke, som hun havde taget imod på sin mands vegne for to uger siden: Til hr. Reemt de Buhr, trehundredeognioghalvfjers plus porto og forsendelse, afsender »TV-køb«. Et par dage senere, til hendes fødselsdag havde hun hjertebanken. En klump i halsen, da Reemt overrakte hende en stegepande med låg som fødselsdagsgave. Nu så hun det længselsfuldt ønskede objekt på Mechthilds hånd.

»Tjener man så godt hos Tupper at du har råd til alt dette?« Hos veninderne ved hendes side røg de til flueben malede øjenbryn i vejret, og de åbnede mundene, på Helmas gane kunne man se spor af det lække chokoladeflødeskum.

»Jeg kan ikke se, hvad det kommer dig ved, kære Anke, men jeg kan ikke klage.« Mechthild stirrede direkte på hende, løftede koppen op til læberne og drak uden at ryste på hånden. Læberne afsatte lyserøde mærker på porcelænet.

»Jeg ved jo ikke hvad dit lille, lække sommerhus her på øen har stået dig i, men du har jo rejst det på vores grundstykke.«

»Undskyld, min kære, men I fik en stor pose penge for det. Uden denne pengeregn havde din mand aldrig kunnet bygge hestestalden. I stedet for at du prøver at gøre mig skør i hovedet, skulle du hellere være glad for, at jeg kunne hjælpe Jer videre.«

Siggi havde også nippet til sin te. Hun havde næsten fået den galt i halsen, ikke bare fordi Anke ved siden af hende slap et længe modent angreb løs på Mechthild. Alle her på Juist havde gjort sig deres tanker om den rige enke fra Bielefelds smukke ejendom, sommetider med en hvisken, sommetider højlydt. Det var på tide, at en af dem sagde det højt. Men nej, det var ikke det, der havde frataget hende roen. Det var meget mere de stærk lyserøde aftegninger fra læbestiften på Mechthilds kaffekopper, der var årsagen. Så sent som i går havde hun med store anstrengelser vasket sådanne farvepletter af Hermanns skjortekrave. Alle de gamle husråd mod pletter af læbestift var uvirksomme, citron og salt, tandpasta og bagepulver, det var nytteløst. Sandsynligvis drejede det sig om en af de nymodens »long-resistant-lipsticks« af slagsen »fordi jeg fortjener det«. De havde altid været for dyre for Siggi, selvom hun godt kunne lide farverne. Og disse farver, det var hun villig til at sværge på, havde hun haft om ikke på læberne, så på sine klamme fingre og skurebørsten.

Hun samlede al sit mod.«Det som ville interessere mig meget...«

»Ja?« sagde Mechthild og løftede de strømlinede øjenbryn, så de forsvandt under hendes lysnede lokker.

Siggi rømmede sig.»... hvad er du egentlig ude efter her på øen? Helt uden mand? Nå ja, måske sørger du endnu, men tror du ikke, at der sker meget mere i Bielefeld i weekenden, end der gør her?«

»Jamen lille børn, hvad tænker I da på? Har I ikke andre bekymringer? Jeres familier, jeres ferielejligheder ... eller hvad I skal stille på bordet i morgen, hvad? I skal ikke være bange, jeg keder mig ikke herovre. Hvad var det jeg hørte for nylig:»Øst, vest, Juist er bedst!«

Mechthild lo den højlydte, klukkende latter, som man ellers kun hørte, når nogen spurgte hende, om Tupper-knivsættet nu også var skarpt.

»Det har du fra Achim!«, sagde Helma langsomt og med en sær lyd nede i svælget.

»Fra hvilken Achim?«, spurgte Mechthild med lys, eksalteret stemme.

»Fra min mand. Denne udtalelse ... han bruger den ustandselig.«

»Så er din mand da en værre spøgefugl«, triumferede Mechthild.

Helma rejste sig langsomt fra sit hjørne.»Hos mig er han ikke spor sjov!«

Også Anke og Siggi stod nu op.

Mechthild virkede, som om hun pludselig ikke kunne se det sjove i det hele længere. Et genskin strejfede hendes gribende hænder, da hun tabte skålen på gulvet.

Tilfreds anbragte Anke den store pakke på træbordet i køkkenet. Det sagde stille»plop« da hun løftede det grønne låg fra den aflange dåse. Hun kunne bare ikke modstå fristelsen, og det kostede slet ingen overvindelse, for som bondedatter og hestetræner havde hun ofte skåret slagtedyr i mange dele og derefter pakket dem i passende portioner. Men denne ring, den måtte hun have. Et ryk, så havde hun trukket den af. Hun skyllede den under det rindende vand og holdt den op mod lyset. Hun smilede ad det flimrende blå, så gled det skinnende guld på hendes finger.

Hun strøg på låget fra den ene side til den anden, indtil der lød et sagte klik.

»Så forbliver indholdet meget, meget længere frisk, du behøver ikke at nedfryse det hele«, sagde hun glad men stille til sig selv.

Reem kom ind ad døren, han lugtede af hestestald, da han omfavnede hende.

»Tillykke med bryllupsdagen, min skat. Du tænkte nok at jeg havde glemt det?«

Bryllupsdag?, tænkte hun.

Han rakte hende en lille kvadratisk pakke. På gavepapiret stod »TV-køb« og Anke var helt sikker på, at den ikke indeholdt en stegepande.

Klakklak – klakklak

Aimo Behrenzen startede meget tidligt med at tjene penge.

Hvor gammel var han, – en ti elleve år? Man så ham sidde ved siden af jernbanesporene med korte, røde bukser, stribet fiskerskjorte og en frisure, hvor håret var alt for langt for hans alder. Saltvandet, som kom ind fra Vesterhavet havde allerede fugtet den hårde jord, og de underlige gråblå planter lugtede meget aromatisk, som sund medicin. Der var lidt tid endnu, skibet lagde lige til, derude i vadehavet. Søfolk kastede slidte liner overbord og fortøjede færgen til de mørkegrå pullerter.

I dag var den store ankomstdag. Påskeferien var begyndt, og man ventede over tusind gæster, som ville tilbringe en kort ferie på øen Juist. De første kvinder i lyst tøj klatrede ned ad den stejle landgangsbro, efter dem tre børn og en hund. Mandfolk med tunge rejsetasker fulgte efter og så sig omkring, hvor skulle man hen? Skulle man virkelig ind i det monstrum? Miniaturen af et fungerende tog, hvis skinner lå på et stativ af træ og som løb frem til det sikre fastland? Øbane?

Gud, – sikke en begyndelse på ferien.

Aimo så derover. Han kunne naturligvis ikke høre turisternes samtale, og slet ikke læse deres tanker. Han var alt for langt væk, omkring mindst femhundrede meter. Men han vidste, hvad disse folk tænkte. På fastlandet var det hele så moderne, så fuldendt, det nyeste var Intercity togene, som kørte i en vanvittig fart fra storby til storby, ikke til molen på Norddiget, men til Oldenburg. Der kunne man endda få både at mad og drikkevarer, og der var et højttaleranlæg, som meddelte, hvilken banegård man ville komme til næste gang, og hvilket spor man skulle skifte til.

Og så ankom disse fastlandsboere hertil efter en lang rejse og måtte så til slut, kun en hårsbredde fra målet, stige om til et lerfarvet minitog. Denne oplevelse kunne gæsterne ikke glemme under hele deres ferieophold. Ingen af dem. Heller ikke dem, som kendte fænomenet fra sidste eller forrige år, eller helt fra gammel tid. Og det var det, som var Aimo's kilde til at skabe sig en kapital.

Man kendte ham i sparekassen. »Nå, skal du igen have hundrede pfennig for en mark?«,spurgte den tykke mand bag panserglasset altid.

Aimo sagde ingenting, men rakte den slidte læderpung gennem lugen.

»Hvor meget får du for det, det tidobbelte? Jeg tror, det er det tidobbelte. Hvad de turister dog ikke bruger deres penge til...« og den tykke mand bag panserglasset rystede på hovedet. Nogle gange, når Aimo næsten var ude af døren, råbte han noget efter ham, noget i retning af: »Hvis du engang får brug for et job, sådan nogle forretningsgenier som dig kan vi godt have brug for her!«

Klakklak-klakklak. Den satte sig i bevægelse, tumlede lidt over havet og ved alle svejsesteder på sporene sagde øtoget klakklak-klakklak. Aimo lagde de enkelte pfennig i en lige række. Hver tiende centimeter en cirkelrund kobberfarvet mønt på skinnerne. Og så ventede han. Når toget tøffede videre i retning af banegården og forsvandt i digeåbningen, samlede han de flade, ovalformede kobberklatter sammen, puttede dem hurtigt i den slidte læderpung og skyndte sig hen til kurpladsen. Aimo havde sit papskilt fastklemt under armen. Normalt fik han et firetal i skolen i skrift og orden, men på denne plakat havde han fået plads til en hel række fuldstændigt lodrette bogstaver:

HER KØRTE DE OVER MED ØTOGET
PR. STYK 10 PFENNIG

Og ved siden af plakaten lagde han disse souvenirs på et tæppe, ordnet efter ankomstdato, og han snød ikke, selvom han let kunne gøre det. På gode dage solgte han op til tredive på en time. Tre mark, for 30 pfennig vareforbrug. For én, som kun fik toenhalv mark i lommepenge om ugen, var det en masse penge. Som sagt, Aimo Behrenzen var god til at tjene penge. På hans sparekassebog ventede hele femoghalvfjers mark på at blive givet ud. Aimo var ikke nærig, men han elskede når der kom renter på, og indtil nu havde han ikke haft et ønske, som kunne give anledning til at plyndre kontoen.

At der var et par ting, han måtte give afkald på, tog Aimo med i købet. Et par ting betød kort og godt: Venner. Han havde ingen. Der var to, tre drenge han ville invitere til sin fødselsdag, hvis hans mor havde haft tid til at fejre den. »Aimo, du må gerne tage dine venner med hjem, hvis I ikke laver så meget larm«, sagde hans mor mindst en gang om ugen, lige før hun iførte sig den sorte nederdel og svingede det korte tjenerforklæde om hofterne. Han har aldrig gjort det. Hans mor forefandt altid lejligheden pæn og ryddelig, når hun kom hjem klokken ni om aftenen. Aimo var altid udendørs, og andre boede der jo ikke i den lille lejlighed med to værelser og bad.

I skolen var han den eneste dreng, som sad sammen med en pige. Han havde egentligt ikke gjort det bevidst, men pladsen ved siden af Sybille Münch var simpelthen bare fri. Aimo havde ikke noget imod hende.

Han kunne lide regning og syntes, læreren fortalte interessante historier. Om vulkaner og jordskælv og engang også om jernbaner, den første kørte for mere end 130 år siden fra Nürnberg til Furth, det syntes han var særligt spændende. Derfor lagde han slet ikke mærke til den lille rødhårede pige ved siden af ham.

Indtil den dag, påskeferien startede, da han var elleveethalvt år gammel, sad på kurpladsen og solgte de fladkørte pfenning. Han var glad, fordi han var i færd med slå sin gamle rekord. Femogtredive på en time og seks minutter, det var mere end en halv per minut, det blev tremarkoghalvtreds ...

Og så stod hendes tynde ben i solen og kastede lige skygger på hans tæppe.»Hvad er det, du laver«, spurgte Sybille Münch.

Du store gud, som hun havde blå pletter på skinnebenene. Aimo var ude i frisk luft hele dagen, klatrede over banegårdsmuren, legede ved de parkerede hestedrosker og samlede strandingsgods ved ebbe, men sådan nogle farvestrålende kvæstelser havde han aldrig observeret på sine egne ben.»Hvad har du lavet?«

Hun så ned ad sig, glattede sin nederdel og prøvede at strække stoffet i længden.»Ingenting, sport!«

Såvidt Aimo huskede, havde han aldrig set hende i nederdel, normalt var hun klædt i lange bukser.»Hvad slags sport? Brydning?«

»Behøver du at glo sådan på mig?« gav hun igen, men i stedet for at blive sur og gå sin vej, som piger normalt gør, satte hun sig ved siden af ham, som var de forretningspartnere.

»Lad mig se hvad du har tjent« sagde hun, greb uden tøven hans læderpung og tømte dagens indtjening ud i sin flade hånd.

Hurtigt talte hendes fingre tipfennigstykkerne. »For det her sidder du hele dagen her på banegården? Kunne aldrig falde mig ind!«

»Nå ikke?« skreg han rasende og slog hende på armen, så hun tabte mønterne der forsvandt i den kortklippede plæne. Han opdagede hendes trækninger, opdagede dem omgående, og for et kort øjeblik fortrød han sin måde at opføre sig på, han havde aldrig slået en pige. Men hvis hun skulle more sig over hans job? »Du har jo ikke behov for det, Sybille Münch!«

Hun surmulede lidt, men gjorde ingen anstalter til at rejse sig. »Åh, og jeg troede, at du ihvertfald ikke havde noget imod mig«

Aimo trak vejret dybt. Og det skulle man kunne forstå. Indtil for få minutter siden havde han slet ikke haft nogen mening om den pige, så kom hun og satte alt ind på at gå ham på nerverne for så at blive fornærmet, når han drillede hende lidt. Sybille Münch var nemlig en velhavende pige med både en far og en mor med masser af tid, en hund, en lillebror og eget værelse. Altsammen ting, som Aimo gerne ville have haft, men som han enten slet ikke kunne købe, eller i det mindste ikke for femoghalvfjers mark.

»Det må være slemt for dig, at din mor arbejder i min fars hotel; hun fortæller dig nok altid, hvor forfærdelig han er. Det gør alle vore ansatte. Tjenerne, kokkene og stuepigerne.«

Aimo trak kun på skulderen, så kom en ældre dame hen til tæppet, hvor han udstillede sine varer, og smilte. Han grinede tilbage. »Hvornår er De ankommet til Juist?«

»Åh, min kære dreng«, sagde turisten med en let jodlende gammelkonestemme. Så vidste han allerede, at han nu havde tjent sin seksogtredivetyvende tipfennig. »For tre dage siden. Det er jo en pragtfuld idé. I to er da helt utroligt dygtige forretningsfolk«. Og handlen var omgående afsluttet.

Amio lagde pengestykket i læderpungen til de andre og var sig bevidst, at Sybille overvågede hver af hans bevægelser.

»Hvad køber du for dem?«

»Jeg køber ingenting.«

»Sikke noget pjat. Jeg har tit set dig sidde her. Fra mit værelse kan jeg iagttage dig meget nøje.« Hun pegede på taget af det store hotel overfor musikpavillonen. »Du må have tjent en lille formue, så du skal ikke fortælle mig, at du ikke køber noget. Tyggegummi?«

Han rystede på hovedet.

»En pose slikkeras fra bager Habbinga?«

»Du bliver ved.«

Hun blev siddende hos ham i lang tid, sagde ingenting, hvilket nok var fornuftigt. Desværre var der ikke flere gæster, som standsede hos ham efter den ældre dame. Aimo spekulerede på, om Sybille bragte ham uheld. Han vidste, at sådanne tanker var overtro, men alligevel hengav han sig til denne tanke i trods. Kort før han blev virkelig vred på hende, stod hun op og gik sin vej. Han kiggede efter hendes nøgne ben, og kunne endnu på ti meters afstand se hendes fremtrædende pletter på benene.

Han solgte ikke mere den dag.

»Du elsker tog, ikke sandt?«

Sybille havde siddet ved siden af hans salgsplads hver eneste dag i påskeferien, og kort før Kristi himmelfartsdag vovede hun sig for første gang ud til diget, hvor han ellers havde været helt ugeneret. Han var ikke henrykt for dette selskab, men Sybille forstyrrede ikke nok til, at han kunne jage hende væk.

Han måtte lige tænke over tingene. Sådan et spørgsmål krævede det rette svar. I sidste ende var det af stor betydning, hvad og hvem han holdt af. »Nej, ikke togene, hvis der er noget, så er det sporene. Det er dem, der bestemmer, hvor rejsen går hen. Kan du se forskellen?«

Han var glad for, at hun nikkede.

»Men jeg elsker togene. De bevæger sig. De bliver ikke liggende som dine dovne spor.« Nu måtte de grine, og det føltes godt at le over sådan en kendsgerning.

»Hvem giver dig alle de tærsk?« spurgte Aimo så.

»Hvordan kommer du på den idé?« spurgte hun, og han fornemmede, at hun kun ville give det indtryk af, at det ikke ragede ham.

Klakklak-klakklak. Fireogtyve gange. Han kravlede ned til skinnerne og samlede kobberstykkerne sammen. »Så åndsvag er jeg nu heller ikke. De blå pletter er ikke de samme som dem fra påskeferien, og desuden kender jeg ingen sportsgren, hvor man foruden benene også slår sig på overkroppen.«

»Det rager ikke dig!« Hun sad i digegræsset, som på denne tid var overgroet med gule mælkebøtter, som ikke gav det egentlige grønne en reel chance.

»Og hvorfor bærer du altid så kort tøj, når du render efter mig? I skolen er du altid helt tillukket, og her viser du mig dine skader helt direkte.«

»Det finder du bare på.« Hun lænede sig tilbage, lagde sig i de små mælkebøttepuder og kiggede op. Hendes T-shirt kravlede op. Helt klart, det var med vilje. Et aftryk, så stort som en pandekage bredte sig på det sted, hvor ifølge Aimos biologikendskaber nyrerne var placeret. Det måtte have gjort pokkers ondt.

»For det meste er det fædrene, ikke?« borede han dybere. Naturligvis tav hun.

»Banker din far dig? Fortæl mig det!«

Sybille kom med en meget mærkværdig latter. Hendes flade mave dirrede, mens og hun tog sig til panden med begge hænder, som om hun måtte støtte hovedet ved sin latter. Aimo havde aldrig før set noget så sørgeligt. Han blev rigtigt bange.

Heldigvis stoppede hun sin latter ligeså pludseligt, som hun var begyndt, så greb hun i sin lomme i de korte bukser og tog en grøn pengepung frem. Da hun ville åbne det, væltede det ud med en hel samling pfennigstykker. Aimo havde udviklet en trænet sans for mønter, og han vurderede, at der var for to til tre mark.

»Hvad sker der nu?« Herregud hvor var han rasende. Fra det ene sekund til det næste. Ville hun ødelægge hans forretning? »Jeg tror ikke du er rigtig klog«

Hun satte sig op igen. »Aimo, jeg ved jo, at det er din idé, men jeg har brug for pengene«.

»Pjat. Hvad skal du bruge penge til? Jeg tror, du er den rigeste pige, jeg kender!«

»Til at stikke af«, sagde hun meget hurtigt og helt dæmpet.

På et tidspunkt efter pinse kom Sybille ikke mere.

I skolen ville han ikke udfritte hende, for hun så meget udmattet ud, og sagde ikke et ord hele formiddagen, ikke engang, når læreren opfordrede hende til at læse sin opgave højt.

»Frøken Münch føler ikke at det er påkrævet at deltage i undervisningen« konkluderede læreren, og Aimo hadede ham for, at han bare sådan affærdigede Sybille. Hvorfor svarede hun ikke igen?

Efter undervisningen var hun hurtigt forsvundet. Det var klart for Aimo, at det var ham, hun flygtede fra. Hele sagen med de blå pletter havde han ikke nævnt en eneste gang de seneste uger, selvom hun havde nok så korte nederdele på. De havde begge to solgt helt godt. Aimo anslog, at hans kollega mindst havde tjent ti mark. Hans forretninger gik dårligere på grund af konkurrencen, for første gang i sit liv havde han endda snydt en kunde og solgt ham en fladkørt pfennig som var fire uger gammel, som en der var fra i går. Men trods alt havde han vænnet sig til Sybille. Han savnede at mødes med hende ved skinnerne.

»Hvad laver du her?« spurgte hans mor chokeret, da han en dag efter skolen kom gående ind på hotellet. Han havde aldrig besøgt hende på hendes arbejde og var imponeret over det høje loft i restauranten, over sølvlysestagerne på bordene og manden ved klaveret, som spillede dæmpet musik i spisesalen.

»Jeg vil til Sybille. Ved du, hvor hendes værelse ligger?«

»Det er privat område, du må ikke gå derhen, Aimo.«

»Vi vil lege sammen, vi har aftalt det«, løj han.

Hans mor klaprede hurtigt gennem forhallen på de høje hæle, og efter et minut vendte hun tilbage med en stor mand. Hr. Münch så rar ud, Aimo kendte ham af udseende, de var engang sejlet med samme færge til Norddiget, og hans mor havde hilst helt overstrømmende på ham og havde hvisket i hans øre som en sammensvoren, at det var hendes chef. Han var stor og kraftig, som Aimo omgående konstaterede, men han så virkelig rar ud. Samme røde hår som Sybille og dertil et spøjst overskæg. »Du vil lege med min datter? Det er da pænt af dig, unge mand. Men Sybille skal først lave sine lektier.«

»Ja, men…,« Aimo stammede lidt. Det var meget pinligt, hans mor og hr. Münch lo af ham.

»Men sig venligst til hende, at hun i eftermiddag skal komme hen til vores plads, ikke?«

Hr. Münch lo højt. »Ja, det fortæller jeg hende meget gerne, det lover jeg. Hvis du til gengæld lover mig, at I ikke laver unoder på jeres hemmelige plads!«

Aimo nikkede hvorpå han skyndte sig derfra.

Klokken to om eftermiddagen sad han så på diget. Bare sådan. Hele sidste uge havde han ikke lagt nogen mønter på skinnerne, han var ikke oplagt til det. Alt var blevet anderledes, siden Sybille var dukket op, – og dukket ned. Han savnede hende. Det var mærkeligt, de havde egentlig ikke haft så meget at snakke om. De havde kun foretaget sig det med mønterne. Men sommetider sludret sammen. Aimo ventede til klokken fem. Sybille kom ikke. Havde faderen brudt sit løfte og ikke fortalt noget om hans besøg? Eller ville hun bare ikke komme?

Han borede en finger gennem grønsværen og skrabede noget fugtigt, mørkt digejord frem. Krummerne blev siddende under hans negle, og han tog dem op til næsen. Sådan duftede hans plads. Af salt og jord. Han ville aldrig leve andre steder.

Men Sybille ville væk. Hun havde sagt det og ikke bare sådan, – det havde ikke bare været ord fra en lille pige. Han var ikke gået nærmere ind på det, men sætningen med at stikke af sad temmelig fast i hans erindring.

Klokken halvseks lukkede sparekassen på Strandvejen. Han rejste sig og havde travlt, han kunne mærke den tunge læderpung i sin jakkelomme. Den pirrende fornemmelse fik ham til at tænke på, hvor dejligt det var at tjene penge. Hvis man vidste, hvad man skulle bruge pengene til, var det at tjene penge det bedste i verden.

Måske var det helt spændende, det læreren fortalte næste morgen. Emnet var istiden, det drejede sig om moræner og mellemtyske bjerge, om floder og dale, foran tavlen var der hængt et kæmpestort kort over Tyskland op. Men Aimo hørte ikke særlig godt efter. Han iagttog Sybille. Jo, hun fulgte opmærksomt med på kortet, som fulgte hun veje på fastlandet, man kunne læse en udlængsel i hendes øjne.

Hun havde en ny skramme, denne gang midt i ansigtet. Det var første gang, hun havde et sår, man ikke kunne skjule. Gud i himlen, skrammen var ikke dyb, men den gik helt fra det venstre øjenbryn og ned til kinden, og på mundvigen kunne ses et par kradsemærker.

Læreren havde studeret Sybilles ansigt indgående. »Faldet ned ad trappen« havde hun sagt uopfordret, og læreren nikkede. Faldet ned ad trappen, faldet ned ad trappen … Aimo kunne ikke fatte, at læreren ikke kunne gennemskue denne åbenlyse løgn, men bare fortsatte undervisningen.

»Sybille«, hviskede Aimo.

»Lad mig i fred, din idiot. Og opsøg mig aldrig igen, hører du? Aldrig igen!«

»Det er noget andet, – jeg har noget til dig!« Og så skubbede han læderpungen over til hende. Tingesten var let, for den indeholdt ikke mønter, men sedler. To styk. To gange halvtreds. Foråret havde givet godt, renter og lommepenge var løbet op til en formue. Sybille åbnede pungen, følte med fingrene omkring sedlerne og trak hånden tilbage, som havde hun brændt fingrene og stirrede på ham. Han blev glad over hendes vantro. »Der ligger også en lille køreplan i pungen. Alle togafgange fra molen på Norddiget står der.. Og fra Oldenburg afgår Intercitytogene, de er lynhurtige og kører til alle større byer,« hviskede han.

Og hans stemme knækkede over nogle gange af ophidselse, og læreren kastede et bebrejdende blik på dem, så de måtte tie resten af timen.

Og så var hun forsvundet. Aimo havde smidt bøgerne og skrivegrejet i sin skoletaske og var løbet udenfor, men hendes cykel var fjernet fra cykelstativet på skolegården, og så langt han kunne se på vejen op til klitten, var der intet spor af Sybille.

Han besluttede at tage det som et godt tegn. Hun ville skynde sig op på sit værelse, pakke nogle sager sammen og så benytte afgangen et kvarter over to. Derfor måtte han også skynde sig, for han ville være der, ville stå på stedet og måske vinke. Han var så eksalteret, som om han selv skulle ud at rejse, og kørte direkte til diget.

En enkelt pfennig havde han tilbage. Det ville blive hans sidste. På en måde var det ikke det samme når hun var borte. Måske skulle han hellere bære kufferter? Der kunne også tjenes gode penge, man måtte bare ikke blive snuppet af de professionelle dragere, så blev der ballade.

Han følte den højtidelige stemning, da han lagde kobbermønten på skinnen. Det var jo første gang han gjorde det ved en afrejse. Og hun ville køre over den, det ændrede det hele.

Han sad i græsset og hørte øtoget, før det dukkede op i digeåbnin-

gen. Han skarpstillede sit syn, han prøvede at kigge ind gennem ru-
derne. Toget var langtfra fyldt. Han så afskedsstemningen i ansigterne
på passagererne, som lod øjnene strejfe over det sidste stykke af øen.
Hvor var Sybille? Hvor var det røde hår og det ansigt, han kun havde
set så overfladisk på?

Klakklak-klakklak.

Hvordan kunne han nu vide, om hun var rejst?

Klakklak-klakklak.

Så rundede toget kurven og fulgte skinnerne på det grå vadehav.
Han havde ikke set hende.

Aimo vrikkede i siddende stilling hen til skinnerne. Der lå den. Et
minde. Flad og uden form, kobberrød og grå. Den var så let, så man
næsten ikke fornemmede vægten i hånden. Han lod den glide ned i
bukselommen og besluttede at beholde den altid.

Drenge har mange planer.

Moderen fandt tingesten da hun hængte vasketøj op. Den klirrede
ned på jorden, hun samlede den op, så kort på den, og smed den i en
lille spand i hjørnet, hvor hun samlede alle disse mærkelige, ubruge-
lige små kobberplader, som hun igennem de senere år havde fisket op
af hans bukselommer.

Måske var den tid nu endelig forbi. De sidste to uger tjente han en
skilling ved at køre bagage, hendes kære, flittige Aimo.

Og hun måtte udstøde et dybt suk ved tanken om, hvor heldige de
var.

Lykke kan man ikke købe.

Hvad kunne hendes chef bruge hele sin formue til? Det må være
slemt, tænkte Aimo's mor, ufatteligt slemt, når ens eget barn for-
svinder sporløst.

Igen en sømand

Den lune sommerluftning blev fanget af de hvide sejl og spilede det trekantede klæde ud, som var den en lille storm. Vind fra sydøst. Ideelt til et aftensmut i den nedgående sol. Silhouetten af fugleøen tegnede sig glasklart af på den røde himmel, der ville han hen. Have fred og ro i et par timer. Mågelatter og bølgeskvulp var ikke støj. Når man hele dagen stod i værfthallen, og save, båndslibere og fræsere gjorde deres arbejde, så var vadehavets lyde en sagte, blid godnat-musik.

Harm strøg over skroget på sin Khatarina, hvis køl velbehageligt fandt sin vej gennem saltvandet. Skønne runde former, et blødt træskrog, en glat messingræling, denne båd var den mest perfekte, den bedste af alle. Og Harm havde allerede bygget over hundrede af den slags. De små sejlskibe var perfekte til turen på fladt, sandet kystfarvand. Siden han havde udformet dem, solgte modellerne sig selv. Opbygget af mahogni eller hasselnød, enten naturfarvet eller malet i farver, han havde fremstillet utallige enkeltdele med hånden, kærligt og planlagt, skabt med omhu. Men Katharina var den dejligste af dem alle.

Han tænkte på hende hele dagen, på hende og på sin plan, som nu endelig, endelig skulle virkeliggøres.

»Du ryger for meget!«

»Gør dig ingen bekymringer om mit helbred, Everhard. Vi har helt andre problemer!«

»Vi?« Han drak hurtig teen, det var et mirakel, at han ikke brændte ganen.

Under hans fingernegle var der fastklemt fint savsmuld, og hans skjorte lugtede af opløsningsmiddel.

Han var kommet hen til hende direkte fra værkstedet uden at tage brusebad eller levne lidt sæberester på de ru hænder. Det generede hende ikke, tværtom hun elskede det, hvis han udnyttede ethvert sekund. Hen mod halvseks pakkede Harm altid sit sejltøj sammen, ønskede god fyraften til alle sider, kravlede i sin elskede båd, som vuggede ved en egen skibsbro helt tæt på værftet. Så forsvandt han i løbet af få minutter ud på vadehavet. Og Everhard lod alting stå og falde, klatrede hemmeligt op af den bagerste brandtrappe og skubbede sig gennem altandøren ind på hendes kontor og lagde sin krop på hendes.

Cigaretten bagefter var næsten det bedste af det hele. Smagen af røg passede perfekt til den fornemmelse hun havde, når hun bedrog sin mand.

»Jeg har ingen problemer i denne sag. For min skyld kan det fortsætte sådan i al evighed, Katharina, jeg elsker pirringen af det forbudte. Tænk endelig ikke på at forlade din mand.«

»Hun sugede så hårdt på cigaretfiltret, at gløden åd sig ind i tobakken og efterlod et gråt skelet på cigarettens spids. Så knipsede hun til den med fingeren og lod asken dale ned over den dyre sofa. »Godt, men så har jeg helt andre problemer. Det er jo ligegyldigt. I sidste ende rammer det jo os begge, hvis han skulle finde ud af det.«

Everhard skænkede noget mere sort te i sit bæger. Hun vidste, at han elskede denne drik, som hun elskede sine smøger, derfor satte hun straks vand over, så snart hun hørte, Harm hejsede sejlet. Hun tændte hver gang et par stearinlys, når hun ventede på ham. Derfor duftede det allerede af mættet te og stearin på hendes ellers så sterile kontor, når han lukkede altandøren bag sig.. Så ryddede de skrivebordet for brevordnere, eller bollede på sofaen, hvor Katharina ellers førte forretningssamtaler med velklædte kunder, som ville unde sig en ædel båd fra deres værft for deres sorte penge.

Gud ske lov måtte hun ikke selv længere sætte sine ben i værkstedet. På et tidspunkt havde Harm overladt det forretningsmæssige til hende, den rene del af familieforetagendet. Hvis han vidste, hvilke smudsige aktiviteter hun deltog i …

Det havde stået på i lang tid. Alt for længe for at kunne affinde sig med det. Hun ville ikke længere tænke over et liv fuldt af savsmuld. Bare sidde sådan. I hånden et bæger med te. En frisk pibe i munden. Det var jo så simpelt at være lykkelig. Hvorfor gik den stress med den anden Katharina ham egentlig på?

Der havde ikke været nogen kærlighed i umindelige tider, slet ikke den slags, som mundede ud i en følelse af tilfredshed. Et succesfuldt foretagende, et indarbejdet team, ja, måske var det en slags kærlighed.

Men den medførte ikke den slags fred i hans lemmer, som et øjeblik af dette kunne gøre det. Først var Harm skuffet, da hans kone mistede interessen for at sejle. Hun var jo en kvindelig bådebygger. De levede begge af master, sejl og køle. Og i starten elskede de det begge at sidde tæt sammen på bådene og lade sig omfavne af stilheden på vadehavet. Det var en dejlig tid, dengang. Nu var den forbi, og han savnede den ikke alligevel. Denne tid. I mellemtiden var han sig selv nok. Han og Katharina. Katharina den første. Et drømmepar.

Når han rigtigt tænkte over det, var det måske endda bedre nu end før. Han måtte gøre noget. Helst endnu i dag. Hvilken dejlig tanke at stikke af med sin eneste sande kærlighed. Simpelthen forlade vadehavet og mellem øerne flygte ud i Vesterhavet, han og Katharina, indtil de måske nåede Helgoland, og derfra længere og længere væk.

»Det er ikke sådan, at jeg absolut vil have dig, Everhard. Det må du ikke bilde dig ind. Det er bare sådan, at jeg ikke kan tåle ham længere. Jeg væmmes ved ham med hans slidte cowboybukser og det sorgløse smådrengesind. Harm er gået i stå, og jeg er i færd med at gå fra ham.«

»Herregud, så bliv dog skilt, du snupper halvdelen af formuen og skaber dig et lækkert liv i Hamborg eller et andet sted,« surmulede hendes elsker og kradsede sig længe og højlydt gennem brystbehåringen.

Han fattede ikke, hvad det drejede sig om. Han kendte ikke indholdet i de brevordnere, de benyttede som hovedpude, når de elskede. Heller ikke Harm kendte det. Men i forbindelse med en skilsmisse ville han få kendskab til det, og så var det slut med et fint liv i Hamborg eller noget andet sted, det ville snarere blive til en smal briks i arresten.

Bare han dog ville forsvinde, sådan bare ...

Hun havde brugt megen tid på den tanke. Hvad ville der ske, hvis Harm bare forsvandt, sådan for altid? I dag havde hun givet efter for denne fristende tankeleg. Det var jo så simpelt. Hun vidste alt om bådene. Hun vidste, hvor gasledningerne havde deres svage punkter. Og hun kendte sin mand og vidste, at han altid i ro og mag tændte for en pibe tobak ude på vadehavet.

Harm holdt fast i roret og så op på sejlet. Vinden var helt optimal, han skulle kun holde kursen, så ville han snart være forbi Fugleøen, kunne få kølen i Ems-strømmen og derfra videre fremad, og så …

Harm sukkede. Han kunne vel ikke bare sådan forsvinde. Han kunne ikke efterlade den anden Katharina helt alene. Måske skulle de tale sammen. Som i gamle dage. Måske ville hun forstå hans drømme… og lade ham gå …

Men i dag var ikke den rette dag til det. Harm lænede sig tilbage. Måske i morgen. Han ville lige først have sig den pibe tobak, han så omhyggeligt havde stoppet, inden han var sejlet afsted. Hvor var tændstikkerne?

»Du ryger for meget!« sagde Everhard igen

Han kunne ikke vide, hvor nervøs hun var.

»Hvor er tændstikkerne?«, spurgte hun utålmodigt. Men Everhard kløede sig fortsat på brystet og rystede på skulderen.

Katharina strakte hals og bøjede hovedet, så hun kunne tænde cigaretten ved stearinlyset.

»Det må man ikke gøre«, brummede Everhard. »Du ved, hvad det betyder, når man tænder cigaretten ved et stearinlys.«

»Igen en sømand, som må lade livet« fremstødte Katharina, mens hun begærligt sugede på cigaretfiltret, så gløden hurtigt åd sig ind i tobakken og efterlod et gråt skelet på cigarettens spids.

Den tredie giraf

Shoona Wish hedder hun nu. Da jeg så hende igen til vores klassefest for to måneder siden, fortalte hun mig, at hun dansede den tredje giraf i musicalen »Løvernes konge« i Hamborg. Og så kunne man jo ikke så godt hedde Inse Baumhüter – som den tredie giraf – , derfor Shoona Wish. Kunstnernavn. Og afrikanske fletninger havde hun, omkring hundrede af dem i sit rødblonde hår, det så særpræget og attraktivt ud.

»Kig indenfor, når du kommer til Hamborg, sagde hun, og kyssede mig på højre og venstre kind.

Jeg drømte ofte om Inse Baumhüter. Oftere end om min kone, mine to børn, mit job som programmør. Inse Baumhüter har hjemsøgt mig så ofte i drømme, at jeg indimellem falder i søvn om aftenen med en fornemmelse af, at vi har en aftale. Derfor kender jeg hendes hvide hænder på min hud, hun stritter graciøst med lillefingeren, når hun stryger mig under navlen. Og hendes ben er faste som tovene på en sejlbåd, hun kan udvide dem og strække dem og løfte dem fra kroppen i alle mulige vinkler. Det mestrede hun allerede dengang i skolen. I virkeligheden nu og i mine drømme binder hun læggens muskler omkring mine hofter og danser på mig. Dejlige drømme. Jeg har endnu aldrig døjet med søvnløshed, siden jeg lærte Inse Baumhüter at kende.

Først i forrige uge fortalte min chef mig om seminaret ved floden Alster. Han havde glemt det fuldstændigt, men enhver indsigelse ville være nytteløse, jeg var nødt til deltage for at holde mig ajour, om hans sekretær skulle sørge for et værelse til mig.

Tja, og der sagde jeg: »Nej tak! Behøves ikke. Jeg har en bekendt i Hamburg, som jeg alligevel ville besøge en gang.« Og i tankerne tilføjede jeg: »Det er på høje tid, at jeg får lagt hende på langs.«

Lægge på langs! Normalt benytter jeg ikke sådanne udtryk, men jeg tænkte det virkeligt. Lægge på langs, tænkte og følte det.

Min kone er meget lidt begejstret for Hamborg. Vor ældste datter har fødselsdag lige netop den onsdag. Fødselsdag, og desuden måtte hun så give afkald på sit aftenkursus på VUC, det var da også typisk for min chef, at han sådan uden videre kunne ignorere de ansattes interesser. Jeg trøster hende, lover hende en gave i den højere prisklasse samt et telefonopkald til min datters fødselsdagsfrokost. Så kysser jeg hende for at kravle ind i min bil for at køre til Hamborg, nærmere betegnet Den lange Række, St. Georg, teaterkvateret, kunstnerbolig, afrofletninger. Jeg har ikke anmeldt min ankomst, fordi det i disse kunstnerkredse ikke er kutume at melde sin ankomst. Man ringer bare på, eller, – fordi de som regel slet ikke har en dørklokke – , man går om i baggården og op ad en brandstige og kravler ind ad et vindue. Sådan forestiller jeg mig det.

Seminaret starter først næste morgen. På det sorte marked ved Landungsbrücken køber jeg en billet til forestillingen kl. 20, første parket til en uforskammet høj pris på 100 euro. Men på rollelisten ved skibsbroen har jeg set, hvem der danser den tredie giraf, og derfor var ingenting for dyrt: Shoona Wish!

Man sejler over til teatret med et skib, flotte mennesker, tæt pakket sammen på en gyngende chalup, men jeg ser ikke udenbords, jeg bladrer i et program, og der står hendes navn igen, iblandt mange andre, desværre uden billede og levnedsløb, det er forbeholdt soloskuespillere.

Teatret er bemærkelsesværdigt. Overtrukket med gul folie, det ligner en solbeskinnet iglo, men jeg er for utålmodig til at bemærke alt dette, som en af de første sidder jeg på min plads. Så starter det, og musikken er kolossal og overvældende. Jeg tænker på Inse Baumhüter dengang ved studenterfesten, på vor small talk til skoleorkestrets toner, vovede spring til en kedelig musik, jeg forgudede hende dengang, og jeg var så stolt af at blive regnet blandt hendes bedste venner. Og så lige mig! Den systematiske, teoretikeren, den ukreative. Det var mig, som fik lov til at køre hende hjem efter denne optræden. Det var mig, der samlede de attester sammen, hun skulle bruge for at søge ind på School of Music, Dance and Drama i Hamborg. Det var mig der gav hende et stort knus, da hun blev optaget.

Desværre var det også mig, hvis breve hun ikke svarede på. Fordi hendes liv bevægede sig op ad bakken, men mit gik lige ud af landevejen. Jeg kan godt forstå hende. Det vigtigste er, at jeg af og til møder hende i mine drømme. Eller når jeg ligger på min kone og lukker øjnene.

Jeg kender naturligvis sangen »Circle Of Life«, Elton John, selvfølgelig, jeg har CD'en hjemme i skabet. Men her lyder det anderledes, mere bombastisk, desuden er scenen indhyllet i ildrødt lys, en gigantisk sol lavet af et hav af papir svæver over det hele. Jeg holder vejret. Girafferne kommer. Alle på én gang. Hvilken er nu den tredje? De spankulerer på stylter eller noget i den retning, har sandsynligvis et stillads på skulderen til den lange hals, har kroppen skjult i stof, ansigterne er skjult under masker. Kan jeg finde hende? Genkender jeg en eller anden ejendommelighed, et tic i måden at gå på, en bevægelse ved hovedbøjningen, som forekommer mig bekendt? Jeg må desværre indrømme, at der ikke er noget, som på nogen måde får mig til at tænke på Inse Baumhüter.

Alligevel er forestillingen fantastisk, tro mig, et kort sekund flyver mine tanker hjem. Og jeg beslutter, at jeg vil give min kone sådan en oplevelse, helt alene, uden børnene. Måske til vores ti års bryllupsdag. Eller to billetter som gave i den høje prisgruppe. Hun ville kunne lide det, hun elsker Elton John.

Girafferne kommer på scenen to gange endnu. Jeg beundrer deres gang på de uendeligt lange, kunstige ben. Og jeg klapper mest ad dyrene, da forestillingen er slut. De andre tilskuere omkring mig klapper selvfølgelig mest, da Simba, løven, træder helt frem, jeg klapper som en vanvittig, da dyrene bukker i flok. Aber og hyæner og antiloper og elefanter og altså også giraffer. De var bare gode.

Så bliver jeg siddende, indtil alle har rejst sig og har forladt teatret, tænker på, om jeg skal snige mig om til sceneindgangen og vente på hende der, indtil hun kommer ud fra garderoben sammen med sine opstyltede kunstnervenner. Men så beslutter jeg mig til en lang spadseretur, forbi lagerbyen, hen mod St.Georg. Klokken er blevet over elleve.

Da jeg når frem til den Lange Række, er klokken over midnat. Jeg trækker min rullekuffert efter mig, og den hopper på brostenene, som af og til afbryder det asfalterede fortovs monotoni, og pludselig står jeg foran det rigtige hus. Det er gråt og kedeligt. Nuvel, vinduerne er store, og over dem er der anbragt blomsterornamenter, som kan minde lidt om Jugendstil, men den triste puds ødelægger enhver charme, og jeg mærker en vis skuffelse over, at min kunstnerveninde ikke bor i en smart boligblok. På dørklokken, – hun havde en alligevel –, står to navne. Hendes borgerlige navn og kunstnernavnet. Wish og Baumhüter.

Så bor hun alene, er min logiske tanke. Så må hun tjene godt som den tredje giraf, for en lejlighed i Hamborgs indre by er ikke hver mands kost. Jeg trykker på den aflange knap. Der er ingen, som åbner for mig. Jeg ser opad. Der bliver ikke tændt lys. Jeg kommer i tanker om disse after – show – party's, og jeg er et øjeblik bange for, at Inse Baumhüter ikke kommer hjem foreløbigt, fordi hun vil nyde sin triumf som tredje giraf. Jeg ringer endnu en gang. Overfor ligger et hotel, det ser indbydende ud, selv om der i knejpen i stueetagen sidder påfaldent mange mænd i lilla lys, måske skulle jeg alligevel hellere overnatte på hotel den første nat? Så kommer der en kvinde ud af huset, jeg hilser venligt, hun ser misbilligende på mig og går videre, måske har hun straks bemærket, at jeg på en eller anden måde er fejlplaceret her, og det ser ikke ud til, at der er andre her, som er klædt i et sæt tøj og trækker rundt med en kuffert. Jeg skubber min fod i døren, og bagefter hele mig selv. Så står jet i trappeopgangen. Inse bor sikkert øverst oppe, tænker jeg, for det ville lige være hende at bo helt oppe, med skråloft i værelset, næsten ikke til at stå op, og en kæmpe seng på gulvet; men hun bor i stueetagen. Hendes navne står på et emaljeret navneskilt. Wish/Baumhüter.

Døren er halvåben og jeg træder indenfor.

Jeg snubler. I den ubelyste entre ligger der et menneske på gulvet. Jeg leder efter lyskontakten, det er sådan en gammel sort en til at dreje, og da den nøgne pære lyser, ser jeg, at kvinden, jeg er snublet over, må være død. Hun har en mørk teint, en eksotisk type, hendes arme er slanke og ligger fordrejet ved siden af kroppen. Jakken, for øvrigt af læder, er gledet halvt ned over skulderen og breder sig under hende på trægulvet. Hun bærer sporttøj, fornemt gråt, dettt skiller sig smagfuldt ud fra hendes kakaofarvede dybe nedringning, i det tændstikkorte hår klæber blod, på den lange hals kan man se blå trykmærker. Det er ikke Inse Baumhäuter.

Jeg er ikke læge. Hjælpeløst tager jeg armen og søger pulsen, mærker ingenting, endelig bøjer jeg mig over den fremmede brystkasse, lytter under barmen, men der er heller ikke noget. Hun har brede læber, på indersiden er de rosa, jeg prøver at ånde min luft ind i hende, mindst ti gange, Men stadigvæk intet tegn. Så kommer panikken. Nu sidder jeg her i et berygtet bykvarter, med et lig i entreen hos min skoleveninde, som jeg egentlig ville lægge på langs. Jeg overvejer kort at ringe til politiet. Men den ide var ikke engang nok til at tage min mobiltelefon frem fra jakkelommen. For en anden tanke skød op i mig: Inse Baumhüter. Og hvad mon hendes forbindelse til dette kunne være. Hun ville sikkert snart komme fra forestillingen, svedt og træt, og så ville hun i sin lejlighed møde både en død kvinde, som måske var hendes veninde, og hendes gode gamle skoleven, foruden en flok hærdede storby-strisserere. Det ville sikkert være for meget for hendes sarte kunstnersjæl. Jeg beslutter at trække liget lidt længere ind i entreen, så døren igen kan lukkes, så slukker jeg lyset, fordi synet virkeligt ikke er opløftende, og går videre ind i lejligheden. Vinduerne i den lille dagligstue vender ud mod gaden, jeg sætter mig på radiatoren foran vinduet og læner panden mod ruden. Jeg er hundetræt, og mit hjerte banker mod min slipseknude, men jeg vil ikke falde i søvn, vil se ned på fortovet og vente på, at Inse Baumhäuter kommer. Så vil jeg standse hende i trappeopgangen og så skånsomt som muligt fortælle hende, hvad der venter hende i hendes entre, og så, selvfølgelig i lejligheden, vil jeg aftale alt det fornødne med hende. Jeg tænker ikke længere på at lægge hende på langs.

Jeg tager mig sammen og forsøger at holde mig vågen med grublerier. Hvem kan denne kvinde være? For, at den skønne er død en naturlig død, der ved siden af min ungdomselskedes garderobe, det kan jeg ikke at tro. Blodet og kvælemærkerne fortæller en anden historie. Storbyen er en farlig jungle, tænker jeg. Sandsynligvis var det en eksalteret junkie eller en forvirret seriemorder, måske skulle ofret havde været Inse Baumhüter, det er jo sket i hendes lejlighed, og hun var tilfældigvis ikke hjemme, måske en skrubskør fan, en tilbeder af hendes dansekunst, sådanne monstre render rundt i storbyen, det er jeg sikker på. Hvornår kommer hun endelig hjem? Fra knejpen overfor kommer mandlige par ud på gaden og kysser. Jeg prøver på at se væk. Klokken er allerede over halv to ...

Og så er jeg vist alligevel faldet i søvn. Meget ubekvemt på den klumpede radiator, søvnen havde ligefrem overmandet mig. Mørbanket lander jeg på gulvet, kan alligevel næsten ikke åbne øjnene, kryber hen til sofaen og lægger mig halvvejs på polstringen, uden at have kræfter til at løfte benene op, jeg er alt for træt ...

Da jeg endelig får bugt med søvnen, falder solen i en mærkelig vinkel ind i det ukendte værelse, den blinker igennem åbningen mellem to huse overfor og rammer derinde et gammelt spejl på væggen, reflekterer og brænder i mit ansigt, som fremdeles hviler på sofaen. God morgen. Værelset er malet syrenfarvet, og der hænger klædestykker under loftet; og jeg får mistanke om, at de skal skjule noget grimt. En plakat fra »Løvernes konge«, to sort/hvide fotos af disse gudbenådede russiske dansere, ved siden af spejlet en stang, hvor man kan øve ballet. Ved siden af et foto af Inse Baumhüter i Tutu. Nøjagtig sådan havde jeg forventet hendes lejlighed. Inse Baumhüter er ikke kommet hjem. Klokken er halv syv.

Jeg kæmper for at komme op. Går ud i entreen. Desværre er mit problem jo ikke forsvundet i den blå luft, jeg skræver over det, og søger badeværelsesdøren. Det er ikke den blå dør, bagved den gemmer der sig et smalt, rodet, men hyggeligt køkken. To kaffekopper på bordet, et fyldt askebæger, frugtfluer sværmer omkring et fad med smattede ferskner. Overfor køkkenet er soveværelset. En madras på gulvet, et moskitonet over madrassen, brogede klædningsstykker strøet rundt på gulvet og på væggen hænger en lille balletkjole på en bøjle. Sengen er redt omhyggeligt, det ser tillokkende ud, jeg er stadig så søvnig at jeg lige vil lægge mig lidt igen, men min blære er på bristepunktet. Døren for enden af gangen er den rigtige.

Der står to tandbørster i et glas, men da jeg hverken kan finde en aftershave eller noget andet maskulint, beslutter jeg, at Inse Baumhüters soveværelse ikke er det rette sted til at fremmane pinlige jaloux tanker. At hun ikke ligefrem har ventet på mig igennem de senere ti år ved jeg godt, også at vi nok ikke er skabt til noget varigt sammen, det står ligeledes helt klart for mig. Det er fristende at rode i hendes sager, tager hun p-pillen, benytter hun tamponer eller bind, altsammen ting, jeg ved alt om fra min kone, og som jeg slet ikke opfatter som opsigtsvækkende. I forbindelse med Inse Baumhüter har de imidlertid en anden betydning. Jeg afslutter roderiet. Stiller mig under brusen og lader det kolde vand løbe ned over min krop. Varmtvandshanen lader ikke til at fungere, men det havde jeg heller ikke ventet. Forhåbentligt kommer Inse Baumhüter ikke ind ad døren netop nu, hvor jeg står klaprende og uden forvarsel under hendes bruser, hvor mine hår nu integreres med hendes de røde dernede i afløbet.

Hvorfor kommer hun ikke hjem om natten?

Klokken er halv otte da jeg har tørret mig, er påklædt, børstet og har fået tørret håret. I spejlet ser jeg et overdimensioneret fjæs, jeg havde regnet med dette udseende her til morgen, men i mine visioner havde grunden til for lidt søvn været en helt anden. En meget mere levende grund.

Jeg kravler over forhindringen i entreen og leder efter kaffe i køkkenet. På køleskabet hænger en kalender, hvor hun har indtegnet alle sine aftaler, det er onsdag i dag, hun har forestilling kl 18.30. Står der.

Onsdag, Shoona, 3. giraf, kl. 18.30

Jeg kunne nå det, seminaret slutter klokken fem. Min finger flyver over skemaet, jeg bliver forbavset over at se, at hun har mindst fem forstillinger om ugen, og desuden næsten hver dag *Inse: Casting*. Hun har meget om ørerne. Forestillinger og møder, i eet væk. Et turbulent, næsten overfyldt liv kan læses ud af skemaet på væggen.

Så vægrer jeg mig alligevel ved at tænde for vandkedlen, seminaret skal starte kl. halv ni, jeg må til hovedbanegården, fordi S-toget starter derfra, måske kan jeg være heldig at finde min portion koffein og et smurt rundstykke derhenne. Snupper en nøgle i entreen, den passer til entredøren, gemmer den i min jakkelomme og føler det, som var det min lejlighed, og at det er en selvfølge, at jeg vender tilbage i aften.

Faktisk står jeg igen foran teatret kl. halv seks. Så mange velklædte mennesker står af færgen, står foran den gult overdækkede bygning og lader som om de altid er her, at de hører til teamet og at deres næser er vant til teaterluften.

Jeg blander mig med dem. Ser på plakaten i foyeren : 3. giraf: Shoona Wish. Jeg flotter mig med en billet på første parket. I pausen studerer jeg programmet og konstaterer pludseligt, at min den ældste havde haft fødselsdag i dag, og at jeg havde glemt at ringe til hende i morges. Det er utilgiveligt. Klokken er næsten halv ni, skal jeg prøve at ringe hjem? Men hvad skal jeg sige? Papa har glemt det fuldstændigt, –han har fundet en død kvinde? Jeg lader mobiltelefonen forblive i lommen. »Circle of Life« drøner i mine ører, girafferne spankulerer under Afrikas sol, den gode løve sejrer, folk klapper mest ved ham, jeg klapper for dyrene og prøver samtidig at se ind bag girafmaskerne.

Og denne gang går jeg til bagindgangen. Lister omkring den gule plastikfolie og føler mig som en indbrudstyv, forbi leverandørenes køretøjer og små rullevogne, fyldt med konserves til teaterkantinen. Døren for skuespillerne er kun halv så vovet, som jeg havde forestillet mig i fantasien: Godt oplyst og solid, ingen revner i murværket, ingen rustne vejviserskilte, det har en slående lighed med enhver medarbejderindgang i et stormagasin eller andre steder. Og de første mennesker dukker allerede op. Ingen grinen, ingen skulderklap eller kollegialt bifald for præstationen på scenen, de ansatte ved havnens teater ser nøjagtigt lige så trætte ud, lige så opsatte på en fyraften, som medarbejderne i et stormagasin eller andre steder. Først tør jeg ikke tiltale nogen. Men da en ældre dame dukker op, spørger jeg efter Inse Baumhüter.

»Kender jeg ikke, sorry« siger kvinden høfligt uden at standse.

»Undskyld, jeg mener selvfølgelig Shoona Wish!«

»Shoona? Hmm …«

»Den tredje giraf …« oplyser jeg.

»Dansegruppen? Aner det ikke. Jeg er på skuespillerholdet. Jeg synger den gamle hyæne. Jeg kender ikke danserne særlig godt, spørg Klaus, han kommer lige straks.«

Godt, tænker jeg, jeg spørger Klaus. Den gamle hyæne kan nu heller ikke være særlig vigtig, når hun ikke kender Inse Baumhüter. Klaus er godt nok ikke ret meget yngre. Han er stor og har et bredt kryds, men han spiller sikkert også et af de dyr, som fra moder natur snart vil blive udsat for en selektion. »Klaus?«

»Hmmm?« siger Klaus med gravrøst. Har han spillet løvefar? Som lokkes ud af grotten af de onde hyæner og trampes til døde? Det kunne passe. Min agtelse stiger, han kender sikkert …

»Inse …, nej pjat, Shoona Wish, er hun gået?

»Shoona Wish har efter hvad jeg ved slet ikke været her i dag. Uden undskyldning, så vidt jeg ved. Hvis De møder hende, så sig til hende, at der findes en masse kønne piger, som ville slikke sig om munden efter hendes job.«

Klaus går videre. Jeg følger med ham. »Har De en idé om, hvor jeg kan finde hende?«

Klaus standser, virker irriteret, skuespillere virker meget lettere irriteret end normale dødelige, fordi de i skolen i flere år øver sig i at se irriteret. »Hun har problemer med med kæresten, fortalte den anden giraf mig. Så vidt jeg ved, arbejder hendes problem i Café Casting, i St.Georg. Søg efter hende der. Og glem ikke at overbringe hende en højst uvenlig hilsen fra mig, hun skal se at får orden på sit private kærestri én gang for alle, ellers er hun færdig.« Derpå skrider Klaus videre frem i retning af parkeringspladsen. Jeg ser efter ham, forventer, at han kravler ind i en Cadillac eller en Ferrari, et eller andet prangende, men hans ejendom er en sølvfarvet Opel Combi, centrallåsen åbner, da han betjener bilnøglen.

Jeg stavrer afsted. Café Casting, tænker jeg, sætter mig i S-toget og tænker hele tiden: Café Casting. Og kort før hovedbanegården kommer jeg straks i tanker om to ting: For det første, hvis ikke jeg tager helt fejl, og oplevelserne den sidste nat helt har bedøvet min hukommelse, så hed den lilla belyste knejpe overfor Inse Baumhüters hus sådan, Café Casting, og for det andet, så kunne angivelsen på Inse Baumhüters kalender på hendes køleskab, *Inse: Casting* også betyde, at denne aftale mere gik på et møde i knejpen, end på en jobsamtale.

Derfor vil også jeg gå ind i den knejpe. Noget må der ske nu. Især, fordi jeg engang mere kortvarigt går op i lejligheden for at friske mig op, og konstaterer: Noget må der ske. Nogen har nemlig været i lejligheden. Helt uden tvivl. Den døde ligger stadig i entreen, har stadig armene i en så mærkelig forvredet stilling, men en eller anden har trukket læderjakken væk under hende og dækket hendes ansigt med den. Jeg ser mig omkring i værelserne. Alt som det plejer: Frugtfluer i køkkenet, tøjroderi i soveværelset, to tandbørster i badeværelset. Hvem kommer ind i lejligheden, dækker et lig og går ud igen? Det føles, som det var en, der havde et kort ærinde. I lighed med: Se efter, om strygejernet er slukket. Jeg var forberedt på, at alle øjne i

Café Casting ville vende sig mod mig, da jeg går ind. Men ikke en eneste ser efter mig. Samtalerne forstummer ikke, barkeeperen pudser ikke energisk på bardiskens stål, da jeg sætter mig. Det føles, som om jeg sad i min stamknejpe derhjemme, hvor heller ingen gider kigge efter mig, og hvor mit besøg ikke giver anledning til tumult. Men på min stamknejpe sidder ikke udelukkende folk fra det andet hold. Der er de helt normale.

Der er ikke kun mandfolk i knejpen, kvinder hænger på nogle stole, to og to, holder hånd, eller snakker bare. Der går noget op for mig som et chock.

»Er Shoona her?« spørger jeg bartenderen.

Han ryster ærgerligt på hovedet. »Hverken Shoona eller Inse!«

Ak ja, jeg havde helt glemt, at hun jo her bruger sit borgerlige navn. Egentlig har jeg jo nu fået alle de oplysninger jeg behøver, men jeg beslutter mig til en øl. Trækker vejret dybt og kæmper for at lyde ligegyldigt. »Kærestesorger, hvad?«

»Det må du nok sige!« svarer bartenderen. Han har meget kort hår og meget lange bakkenbarter. »I går troede jeg, de slår hinanden ihjel. Her i Caféen, forstår du? Men så gik de jo over i lejligheden , og siden har jeg hverken hørt eller set noget. En øl mere?«

Har jeg drukket så hurtigt? »Ja, tak!«. Jeg klarer lige at smile til ham. »Igen det gamle emne som ellers?«

»Naturligvis, du kender da Inse. Jalousi, jalousi, jalousi! Jeg ville blive tosset!«

»Også jeg!«

»Ven af familien, eller hvad?« Han er en behagelig fyr, helt ærligt, han kunne uden videre tappe øl i min stamknejpe uden at virke på-faldende.

»Skoleven af Inse«.

»Også fra det hul?« Og så afsted til storbyen, hmm? Giver kul-turchock, hva'? Men når jeg har mit på det tørre, så vil jeg også gerne flytte på landet. Stor have og frisk luft, min livsdrøm. Men Hamborg er også ok …«

Så går vor samtale úd som et udbrændt stearinlys. Jeg drikker en øl mere. Tre glas må være nok til at møde de grå ubehageligheder i Inse Baumhüters lejlighed. Jeg betaler.

Ude på gaden beslutter jeg mig til en lille gåtur, hænderne i lommen, skulderen løftet, lidt uhyggeligt virker dette område på mig. Jeg kommer i tanker om rødstensbygningerne derhjemme, forhaverne. Den dårlige samvittighed minder mig triumferende om, at jeg har glemt min datters fødselsdag, at jeg planlagde at bedrage min søde kone, at jeg ville give mig hen til storbyens fristelser. Jeg har det dårligt og vender om igen. Og beslutter, at nu skal det her have en ende. Hvad skal det til? Hvad rager den døde kvinde i entreen mig? Jeg kunne skrotte seminaret, melde mig syg til i morgen, og køre hjem i min sikre bil den dag i dag. Hjem til min kone, til mine børn. Jeg vil aldrig mere have med dette at gøre. Jeg vil aldrig tænke på Inse Baumhüter igen, for slet ikke at tale om at drømme om hende. Det er forbi. Jeg venter på, at lettelsen skal indfinde sig.

Det grå hus dukker op foran mig, jeg åbner fordøren, jeg åbner døren til lejligheden. Og stirrer ind i løbet af en pistol.

Bagved pistolen ser jeg strakte arme, et alvorligt ansigt med et sammenknebet øje. »Stop, ikke et skridt mere, dette er politiet.

Politiet? tænker jeg og bliver stående, men sveder pludselig ud af alle porer. Så griber en anden person, – også i grøn uniform – ind, brækker lynhurtigt mine arme om på ryggen, rykker mit hoved bagover, jeg hører et klik, mærker metal på mit håndled. Håndjern. Bag betjenten med skydevåbnet dukker Inse Baumhüter frem.

»Du?« spørger hun vantro, da hun opdager hvem jeg er. Hendes øjne er røde, hendes hud er bleg, hun ser skidt ud. »Men hvorfor?«

»Hvabehar?«, spørger jeg tilbage. Men så opfatter jeg den fælde, jeg er plumpet i. Senil, landsbysenil, det kan ikke blive værre.

»De kender denne mand?«, spørger politibetjenten bag mig, som jeg slet ikke rigtigt har set, fordi han har mig så fast i sit greb.

»Det er en gammel skoleven. En gammel tilbeder. Har sendt tusindvis af kærestebreve til mig, da jeg flyttede til Hamborg, næsten generende. Men jeg vidste ikke han var her. At han har nøglerne til min lejlighed, åh min gud!«

Jeg stirrer på hende. Det er jo sandt, det hun fortæller. Alting er sandt. Og det må se ud for enhver, som om jeg forfølger Inse Baumhüter, som om jeg er besat af hende, som om jeg havde en grund til at myrde denne fremmede kvinde, fordi jeg ikke kunne holde det ud, at min ungdomselskede var lesbisk og ikke kunne holde mig ud. Naturligvis, sådan måtte sagen tage sig ud. Hvis det ikke var mig selv, der sad i dette spind, ville jeg pege på mig og sige: Helt klart! Det er sådan en typisk, forvirret psykopat! Sådan et monster af værste slags. Ind bag tremmerne med ham!

»Vi arresterer Dem under mistanke om i nat først at have slået denne kvinde ned med et slag på baghovedet og derpå kvalt hende. Mord på Shoona Wish!«

»Shoona Wish?« Stop, lad os nu tage det roligt. Står Soona Wish ikke foran mig i dette øjeblik med vidtåbne, spøgelsesagtige øjne? Shoona Wish, den tredie giraf?

»Ja, Shoona Wish«, siger Inse Baumhüter tonløst. Måske kan hun slet ikke huske, at hun ved klassefesten fortalte mig en helt anden historie: »Min gud, vi har kendt hinanden så længe. Hun kom fra England, vi har lært hinanden at kende på Stage skolen, siden har vi været sammen. Levede sammen her. Åh, hvis du vidste, hvor begavet hun var! Hun sprang lige fra skolen til rollen som løvernes konge!«

»Ja, ja, tredje giraf!«, sagde jeg kort. Og så beslutter jeg aldrig at høre på et ord fra Inse Baumhäuter igen, aldrig.

Hun havde ikke danset, var ikke løbet rundt på stylter, gemte sig ikke bag maskerne. Hun havde i stedet et job i en Cafe', servitrice, eller hvad ved jeg. Og hun har være rasende jaloux på sin veninde, som havde taget springet, blev tiljublet, mens hun skyllede glas. Og det var endt i et skænderi sidste nat, som endte med en dødelig konfrontation. Det ville have været oplagt for enhver, at Inse Baunhüter var morderen.

Hvis ikke jeg, for s…. havde besluttet at få hende på langs.

Jeg kommer i tanker om masser af fingeraftryk som jeg har efterladt, mit hår i brusebadet, på sofapuden, mit overflødige mund til mund oplivningsforsøg. Konen, som i aftes lukkede døren op for mig og stirrede længe på mig. Den føltes pokkers snærende, den løkke om min hals!

Jeg prøvede engang mere med et »men…«

Helst ikke tænke på noget. Jeg spekulerer bare på, hvad jeg fremover skal drømme om.

Den sidste aften

»I dag er det sidste aften her«, skreg manden bag bardisken som svar. Jeg havde spurgt ham, om der altid var så mange mennesker her. Men før jeg kunne spørge om enkeltheder, trængte folk mig væk. På en måde gik det hele tiden i rundkreds. Siden jeg var trådt ind i biksen, blev jeg skubbet omkring på dansegulvet i urviserens retning. På den måde havde jeg allerede lært interiøret at kende, før jeg fik trykket den første flaske øl i hånden. Jeg havde ikke nået at betale, det kunne jeg nok først ved min næste runde.

Havde jeg forestillet mig det sådan? Havde jeg overhovedet gjort mig nogen forestillinger? Hvad forventer man, når man går ind i et »kultskur«?

Jeg har kendt »Meta«, så længe jeg kan huske. Men kun af omtale. Kun fra min mors historier kender jeg de slidte sofaer og de vildtvoksende, sikkert nikotinafhængige planter. Jeg havde aldrig dannet mig et billede af de brugte fiskenet under loftet eller af de opsadlede barstole. Men hvis jeg havde gjort mig nogen forestilling, ville det vel have lignet det, jeg så. Der lugtede af hest, røg og alkohol, og de spillede »Gamma Ray«. Det hele passede sammen. Og på en eller anden måde havde jeg fornemmelsen af, at jeg havde været her før.

»Det er en eller anden sag om koncession«, sagde en stemme bag mig. Jeg kunne næsten ikke vende mig i trængslen for at se, om stemmen talte om mig. »Derfor lukker de her«.

Jeg vendte mit hoved, så meget jeg kunne. »Det var en skam, nu er jeg her endelig for første gang, og så skal det også blive den sidste gang.

»Bare slap af. De har allerede villet lukke denne hytte så tit. Hvis det var gået, som de høje herrer på rådhuset ønskede ... Og nu har biksen allerede stået i fyrretyve år.«

Det lykkedes mig at kæmpe mig ud af menneskestrømmen, idet jeg krøb ind i en lille niche ved bardisken.

»Og hvorfor er du her første gang?« Stemmen tilhørte en mand med et venligt, men et noget hærget ansigt. Han var smuttet ind ved siden af mig og rullede sig en cigaret. Hans fingerspidser var gule.

»Jeg har aldrig haft lejlighed til det. Jeg er ikke herfra. Men min mor har fortalt mig meget om»Meta«. Hun kommer her fra Norddiget og var her næsten dagligt i starten af halvfjerdserne.«

Nu så han op. Han havde sandsynligvis slet ikke set på mig før.

»Theelke Cromminga!«

Jeg var lamslået. Han kendte min mor. Verden er lille.

»Hvordan har hun det, hun har ikke været her i evigheder.«

Ved tanken om, at min mor skulle komme ind her, måtte jeg le. Den tid lå så langt tilbage for hende, milevidt fra hendes liv som sekretær, mor og hustru. Med min bedste vilje kunne jeg ikke får hende passet ind her i denne tilrøgede biks. Hun var så sober.

»Min mor har det godt, hun bor i Hannover. Det var da pudsigt, at du kender hende!«

Han syntes, det var noget helt normalt, han trak kun nonchalant på skulderen. »Selvfølgelig kender jeg Theelke«.

Jeg havde ikke troet, at det var så enkelt at finde et spor.

Jeg havde tusindvis af gange tænkt overt, hvordan jeg kunne komme i kontakt med én, som kunne give mig et par oplysninger. Og nu stod han her, det længselsfuldt ventede tidsvidne, håndlangeren til min søgen, som havde ført mig hertil. Han havde bare sådan indfundet sig hos mig.

Mine håndflader blev fugtige, og jeg fornemmede, at mit hjerte kom lidt ud af rytmen. Men jeg lod ham ikke mærke noget, da jeg spurgte: »Kender du min far?«

Dengang spillede de egentlig samme musik som i dag. Ond musik, som mange påstod. Alle mennesker fra Norddiget, dem som fremdeles fik klippet håret på en ordentlig måde og klædte sig i rent, nyt uldtøj, var sikre på: Meget ond musik!

Først og fremmest beboerne, som boede til højre og venstre for »Meta« i en omkreds af en kilometer. Foran boede der ingen. Foran var diget.

Helt uden tvivl: Det led mest under det! Det blev omdannet, fra beskyttelsesvold til smudsvold, eller fra bolværk til troldværk, lige meget ... hos »Meta« var der som regel fyldt, og det samme gjaldt for de fleste gæster.

Det er klart, der var en masse livshungrende hippies, som boltrede sig på diget i det mere og mere turistprægede område, noget, som for østfrieserne føltes som en større trussel end den værste stormflod.

Sodoma og Gomorrha i den lille flække Norddige. Narko, sex, mord og langt hår. Diskoteket skulle lukkes hvert eneste øjeblik, dengang. Men Meta, kvinden som havde lagt navn til biksen, havde holdt ud. Meta, som man forestiller sig en friesisk kvinde, men alligevel noget anderledes: Håret lysfarvet, med toupe, udadvendt. Hun forstod kunsten ikke at forstå en lyd i det rette øjeblik, og hun mimede uvidenhed på en vidende måde. Det var på den måde, det var lykkedes hende at holde døren åben for alle de unge mennesker, medens bedsteborgere og skrankepaver helst havde set hende bag lås og slå.

Men denne gang var det definitivt slut. Udskænkningstilladelsen var fløjten.

Narkomarkedet benævnte Østfriesisk Kurer det om morgenen, og alle de selvretfærdige Norddige-folk smilede selvretfærdigt ved morgenmaden. Kun ungdommen, den sad med sorteper.

Og så mødtes de alle sammen. Det var den sidste aften.

Også Theelke var til stede. Hun var om muligt endnu mere nedtrykt end alle vi andre. Stress med ham Gero, regnede vi med. Gero ville uddannes til digegreve, det kalde vi ham altid.

»De vil af med os, én gang for alle« fastslog den rødhårede Wiebke, lille og nydelig, men mere snu end nogen frieser kunne tænkes at være. »Og samtidig vil de af med os. Der er ikke plads til os i det her postkort-Friesland.«

»Den skiderik som har forrådt os ...«

Alle dansede.

Smoke on the water and fire in the sky.

Selv i dag virrer folk ekstatisk med hovedet og spiller luftguitar, når denne song bliver spillet, men dengang var det ligesom mere autentisk, mere afsindigt og modigt, højt og rytmisk.

Der var ikke så meget plads, så en mønt kunne falde på gulvet.

Da musikboksen tav, lå der én midt på dansegulvet og var død.

Digegreven. Kvalt. Sådan så det i hvert fald ud.

»Det var lige det, vi manglede« sagde Meta tørt og låsede døren indefra.« I må være helt klar over, at jeg ikke har brug for flere genvordigheder«.

Efter disse ord var der så stille og tavst i skuret ved diget, som aldrig nogensinde før.

Immo bandede. »Han var svinehunden. Det er ham, der har sunget til strisserne om, at her bliver der kun fixet og sniffet. Egentlig ville jeg ikke fortælle det, men min den gamle har lækket det til mig: »Din kammersjuk, Gero, har som den eneste lidt rygrad tilbage, han har i dag pakket ud henne på stationen angående jeres forehavender til 'ungdomsmøderne' der henne ved diget. Det var det rene bræk.«

Lammet så alle på, da Immo næsten var ved at sparke til liget. Han kunne kun med nød og næppe beherske sig. Men Wiebke, som på en eller anden måde var mere hård i filten, knælede ned og skubbede det frynsede ærme op på den slatne døde arm: »Se her, han smykker sig med en Rolex. Sønneke ville nemlig starte som juniorchef på daddys hotel. Han var ikke én af os, han har kun klædt sig ud. I virkeligheden kunne han ikke hurtigt nok få os jaget væk, for at hans velbeslåede feriegæster kan sove bedre om natten.« Hun var så rasende, så aggressiv, alle i kredsen omkring hende kunne have svoret sin saligheds ed på, at hun selv havde kvalt ham med sine sirlige hænder. Det var nok også blevet derved, hvis ikke Theelke havde hulket så hjerteskærende.

»Herregud, Theelke, du skal ikke græde over den svinske forræder« sagde Wiebke ophidset. Men hulkeriet tog til i styrke.

»Han har gjort hende gravid« sagde Jochen meget lavt og lagde armen omkring den lille portion elendighed ved siden af sig.

»Lort« sagde én eller anden.

Vi gik udenfor. Med en øl i hånden. Han rullede en cigaret til mig.

Vi satte os på diget på vadehavssiden og så tavst på vandet, som var ved at komme ind.

»Her har vi ladet ham forsvinde«, sagde han så. Da den værste hysteri havde lagt sig, åbnede Meta døren igen. Med fire mand slæbte vi Gero over diget, gravede et hul med de bare hænder, forstår du, på den måde fik alle snavsede hænder. Liget ligger nu omtrent en meter under grønsværen, som vi skånsomt lagde på plads igen og trådte fast. Det var vores held, at diget den aften var blevet så medtaget, at man ikke lagde mærke til det friske gravsted.

Jeg tog en slurk af flasken. Det var nu noget tragisk-komisk. Min søgen efter mine rødder havde bragt mig hertil, og nu drak jeg øl på mit fædrene ophavs grav.

»Jeg beklager, du havde nok forstillet dig noget andet« sagde min fælle ved siden af mig. Jeg kendte jo ikke engang hans navn. Jeg trak på skulderen, for egentlig havde jeg jo ikke tabt noget, ingenting udover et spinkelt håb. Der, hvor der aldrig havde været en far, der ville jeg heller ikke savne nogen. »Hvad skete i sidste ende med det hele?«

»Efter at biksen var blevet lukket, var der så meget opstandelse, at Gero's forsvinden ikke fik megen opmærksomhed. Nogle måneder senere åbnede Meta igen. Ikke mindst fordi de manglede hovedvidnet, og de derfor ikke kunne bevise, at hun havde lukket et øje for brug af narkotika i sit lokale. Digegreven var fortsat forsvundet. Man antog, at han var forduftet, fordi han som hippie var for doven til at overtage sin fars hotel. På den måde er der i ordets egentlige betydning vokset græs over sagen. I dobbelt betydning. Vi omtaler det aldrig. Heller ikke, når vi ses ind imellem. Immo er sagfører i Aurich med ungdomskriminalitet som speciale.

Wiebke foretog kort efter studentereksamen en kovending og er nu ejendomsmægler ved sparekassen. Tja, og Theelke forlod kort efter Østfriesland. Ingen vidste med bestemthed, hvor hun rejste hen, hendes forældre sagde ingenting, for de ville lægge et slør over det med graviditeten.

Pludseligt så han mig dybt i øjnene. Han havde hele tiden undgået mine øjne, havde hele tiden set ud i luften eller på sin tobak. Jeg fik et chock, fordi jeg så, at tårerne løb ned ad hans rynkede kinder.

»Gero ville have din mor til Holland. Hans forældre kendte en læge der, som kunne løse problemet. Det havde hun aldrig kunnet få sig til. Og når jeg sådan ser på dig, er jeg sikker på, at hun alligevel gjorde det rigtige.«

Jeg nikkede:»Hun har det virkelig godt.«

Et tilfreds smil sneg sig op om hans mundvige. »Der ser du, så ville jeg nu gøre det igen til hver en tid. For øvrigt er det mig der hedder Jochen.«

Julklapp

I det hele taget, så laver jeg altid den flotteste indpakning af mine gaver, gør mig virkelig umage, helt individuelt, hvert år. Og når min pakke trækkes op af sækken, så formoder de andre straks: Det er fra Antje, man ser det straks! Det har jeg håndelag for.

Ikke som Margarete, hun bruger altid disse gyselige reklameblomster fra sæbehuset, og så det krøllede gavebånd, ikke værd at skrive hjem om.. Og for det meste indeholder pakken en sødligt duftende deostift. Det ironiske er, at Margarete nok selv havde mest brug for den. Hun lugter stramt. Men hun får den aldrig. Sådan går det ikke ved et julklapp.

Vi samles altid engang om måneden til dameaften. Den aften, hvor vores mænd spiller kegler. Det er derfra, vi kender hinanden, på grund af vore ægtefæller, og selv om min mand i mellemtiden slet ikke mere er min ægtefælle, fordi han, – hvor lavt – , i mellemtiden har besvangret sin sekretær, så deltager jeg stadigvæk. Af gammel vane. Jeg tager dog ikke det hele helt alvorligt. Men som regel er det da meget hyggeligt. Sommetider inviterer vi salgkonsulenter fra Tupper eller et kosmetikfirma med, engang havde vi også en stripper, som derefter nøgen støvsugede lejligheden, men i november lægger vi altid de små papirlapper med navne på i en bøtte, blander dem godt, og hver af os trækker så en seddel og ved, hvem hun skal give en gave til jul dette år. Gaven må ikke koste mere end fem euro. Sådan virker det. Julklapp'en.

Egentlig en god ting. Vi går altid ud og spiser med kniv og gaffel til julemødet i december, altid den fjerde søndag i advent om aftenen. For det meste går vi hen til grækeren, fordi vi alle godt kan lide kød.

Han hygger om os, grækeren, jeg bilder mig ind, at han ved juletid lægger gamle græske julesange på stereoanlægget, som for os lyder nøjagtigt som de helårs sirtakis. Og i vinduerne roterer brogede lys omkring sprosserne, belyser den sprayede sne på glassene, måske lidt billigt, men fremstillet med kærlighed. Desuden former han agurkerne i figurer, små juletræer og stjerner og så videre, kommer lidt tsatsiki på, så det ligner sne, gør sig meget umage. Og endelig noget andet end gåsesteg med rødkål og fyld. Jeg oplever det som en rigtig julestemning! Bagefter får vi et par uuzo og så bliver der juleklapp'et.

I år var det Gabi, jeg skulle give gave, det er ikke så vanskeligt, for Gabi samler delfiner. Hun siger, de beroliger hende, fordi de forstår os mennesker. Forstå det, hvem der kan, men i hvert fald får hun altid foræret en eller anden delfin, det kan være på et kaffekrus, på en lille pude eller som en ørering. Altid en delfin. Og jeg har købt en snekugle til hende, med en delfin indeni selvfølgelig, selvom det jo er lidt ulogisk, fordi delfiner svømmer i vandet, og det sner aldrig der, men hun glædede sig utroligt, fordi hun ikke havde sådan en delfin. Og fordi den var pakket så smukt ind, med blåt silkepapir og sisalbånd og stjernestøv på det ene hjørne. Jeg har jo allerede sagt, at jeg gør meget ud af det, ofte koster indpakningen mere end selve gaven.

Og jeg har med garanti fået min julklapp-gave fra Tomma. Jeg har altså virkelig været heldig i år, både med at give gave og modtage gave, for Tomma er sølvsmed og forærer altid ting, som helt sikkert koster mere end fem euro, men hun siger altid, at de er lappet sammen af affald og ikke kan sælges. I år har hun smækket affaldet på en lang, lige broche, en til et revers, lidt tykkere, så den kan bruges til lidt kraftigere uldting. Sølvornamenter, meget nobelt. Passer fremragende til mig, fordi jeg oftest bærer gråt på grund af mit røde, krøllede hår, der passer gråt nu bedst, og dertil igen sølv.

Meget forsigtigt lægger jeg nålen i den mørkeblå æske og lægger æsken på bordet ved siden af tallerkenen med fåreostsalat. Jeg ser mig taknemmeligt omkring. Jeg lader, som om jeg ikke aner hvor min lille pakke kom fra. Fordi det er så dejligt hemmelighedsfuldt, det her julklapp.

Næsten alle har pakket ud. Mine tre veninder. Ja, jo, 'veninder'. Egentlig plejer jeg at sige, mine tre kællinger og mig. Vi er jo kun en kællingeklub og ikke andet.

Margrete har heller ikke i år fået nogen duftlotion, i stedet holder hun glædestrålende en tedåse i hånden. Rødbusk med karamelaroma. Dåsen har et mørkegrønt skær. Jeg er sikker på, at hun har fået den af delfin-Gabi.

Jeg ser rundt i kredsen. Hvem har fået den obligatoriske deodorant fra Margrete? Hvad er nu det? Vent lige et øjeblik.

Jeg forærede Gabi snekuglen. Gabi har næsten helt sikkert givet Margarete tedåsen, og min gave er fra Tomma ... og Tomma har ikke pakket ud endnu. Altså burde hun have fået duftstiften, men det kan ikke passe, for hun holder en flad, firkantet pakke i hånden. Det kan ikke være en deo-roll-on. Men blomsten fra sæbehuset klæber igen på det smagløse papir, og det krøllede bånd ligger igen ovenpå pakken som en håndfuld nudler, man spiser til gullasch. Måske en bog? En bog om deodoranter? Men jeg tror ikke, der findes sådan en.

Tomma smiler. Hun har, – næst efter mig – mest stil af kællingerne. Men hun arbejder meget. Og man kan se på hende, at hun laver noget kreativt. Håret er ikke farvet, gråt og kort stritter det over hendes plukkede øjenbryn, og sådan har hun set ud, siden jeg lærte hende at kende. Selvfølgelig kan hun alligevel bære flaskegrønne bluser, for hende er det bare omvendt end for mig: gråt foroven og vildt forneden. Så kører det. Jeg vil helst ikke tænke på Gabi's satinbluser eller Margaretes ternede blazer.

Tomma smiler stadigvæk, men jeg bliver opmærksom på, at Margarete snupper sig en ouzo udenfor nummer, da gaven endelig bliver åbnet. Det er mere spændende, end det plejer. Julklappen. Og så skræller Tomma langsomt papiret af, og jeg bliver helt overrasket. Det er en billedramme, helt enkel, bestemt ikke af sølv, men ikke dårlig. Og Tomma er også forbavset, løfter tingesten nærmere op mod lyset, fordi det hos vores græker altid er lidt skummelt, men jeg ser alligevel, at der er et foto i rammen. Et feriefoto. En solbrun mand, lige til at bide i, omkring de halvtreds i badebukser, som han ved Gud stadig kan bære uden skam. Jeg kender den mand. Det er Tommas mand. Ved stranden. Stranden på Ibiza. Jeg er sikker. Fordi kvinden ved siden af ham er mig. Og hånden på bagdelen af den smukke mand er min. Og hårene på hans skulder er røde.

Jeg hugger en cigaret fra Gabi.

Hun kigger på mig. Og Margarete kigger på lokumsdøren. Og Tomma på billedet.

Juni i år, Ibiza, 28 grader i skyggen. Fem dage alt inklusive i dobbeltværelse. Fordi Tomma ikke kunne komme med. Hun skulle igen arbejde. Så spurgte han mig. Og jeg kan lide Ibiza.

Jeg hugger også Gabis ligther. Nu har jeg cigaretten i venstre hånd, og i højre hånd den lille tænder, med en afbildet delfin, og det er godt nok, at begge hænder har noget at holde fast i, for jeg opdager pludselig, hvor nervøs jeg er. Jeg lugter, at sveden løber ned ad Margarete. Hvorfor i alverden laver hun sådan noget? Hvorfor kunne hun ikke igen i år købe den der meget ordinære standarddeo, så ville hun ikke svede så meget nu. Men nej, hun har ramt plet med sin gave. Hun hælder en ouzo mere i sig.

Jeg tænker på, om jeg ikke skal ønske dem alle en glædelig jul og dampe af. Det ville nok være det bedste. Men hvad så? Du milde himmel, som jeg altid føler mig alene derhjemme.Og så ville jeg bare give mig til at flytte om på blomsterbuketterne i min lille lejlighed og stryge mine kjoler og sætte papilotter i håret, måske kunne jeg også gå til frisør i morgen, få håret eftertonet, tak, men så kort før jul er det nok ikke nemt at få en tid. Og derefter ville jeg igen være så meget alene. Og de tre andre kællinger ville gå hjem til deres mænd og fortælle, hvordan den her julklapp var forløbet i år. Og de ville lytte til dem. Ok, mellem Tomma og hendes mand vil det nok ikke forløbe helt harmonisk, jeg kender Tomma, hun kan være en drage. Men hun skulle i hvert fald ikke fare rundt i en tom lejlighed.

Altså bliver jeg siddende og suger kraftigt på den huggede cigaret. Jeg vil ikke forsvinde herfra. Ikke mig.

Gabi ryster snefnugdelfinen. Helt vildt. Den glatte fiskekrop kæmper sig gennem snestormen. Margarete rejser sig og går hen til den dør, som hun nu har stirret på i en evighed. Hun vil nok friskes op, tænker jeg, og kommer desværre til at grine.

Man vænner sig til det, når man dag efter dag fortæller sig selv vittigheder, så griner man fjoget uden at tænke over det. Som en galning.

Da jeg vil slå asken af smøgen, river Tomma pludselig sølvnålen, som ligger foran mig i den mørkeblå æske og jager den ind i håndryggen på mig. Det sker lynhurtigt, afsindig hurtigt, nålen finder vejen gennem mine håndknogler og dukker frem på indersiden af hånden. og ned i det grove træbord, mindst en centimeter, i hvert fald er jeg sømmet fast til bordet, mens jeg stirrer på sølvornamenterne, som er gledet lidt opad og kiler min hånd fast. Det ligner et szouflaki spyd, tænker jeg. Men det gør ikke ondt.

Gabi hviner. Tomma ser mig direkte ind i øjnene. Og Margarete er endnu ikke kommet tilbage fra lokummet.

Jeg prøver at løfte min hånd, men for pokker, det kan ikke lade sig gøre. Den sidder fast. Underligt. Jeg kan slet ikke se blod. Det hele er tørt.

Med min højre hånd griber jeg efter cigaretten, som jeg har tabt af bare forskrækkelse. Jeg suger på filteret. Kællingerne må tro, at jeg er usandsynlig hårdhudet. Jeg undrer mig over mig selv, at det ikke gør ondt, og at jeg ikke besvimer på grund af den lille minidolk i min hånd. Jeg ryger, som om intet var hændt

Gabi hviner stadigvæk. Jeg hører slet ikke rigtigt efter. Så pakker hun sin delfin, den i kuglen og den på fyrtøjet, smider tredive euro på bordet, jeg mærker tydeligt stødet i hånden, da hun knalder pengene på bordet. Og så går Gabi. Stikker bare af.

Nu begynder det at murre i hånden. At banke. Mellem langfinger- og pegefingerroden har Tomma spiddet mig med tingesten. Men bankeriet mærkes mærkeligt nok mest i albuen. Så trækker det millimeter for millimeter i retning af hånden. Ikke omvendt. Det er, som smerten langsomt sniger sig frem til årsagen. Jeg slukker cigaretten.

Der vil gå betændelse i det, tænker jeg. Sandsynligvis tænker man i sådanne øjeblikke helt absurde ting. Det vil sige: I sådanne øjeblikke? Det sker vel egentlig ikke så tit, at en ensom kvinde ved et julklapp bliver afsløret som elskerinde fra venindens mand og derefter bliver spiddet fast til bordet med en sølvnål på en græsk retaurant. At tænke over eventuelle betændelser i sådan et øjeblik er helt vanvittigt. Og derpå, som jeg netop er i færd med at hælde en ouzo over såret for at desinficere det, sker der noget endnu mere vanvittigt. Alkoholen brændte pænt ved stikhullet, en sød lille smerte, næsten ikke mærkbar i forhold til den stadig voldsommere dunken ved min albue.

Jeg opdager, at jeg hele tiden har kigget på den famøse gave i min hånd. Og da jeg ser op, står Margarete og Tomma ved siden af hinanden og hjælper hinanden med at komme i vinterfrakkerne. Mon jeg alligevel har været besvimet et kort øjeblik? Er jeg gået glip af noget?

Nogle ord rettet til mig, skældsord eller undskyldninger, det er helt underordnet. Bare de har snakket til mig. Jeg ville råbe noget til dem, de står allerede ved bardisken og er ved at betale grækeren, vender sig ikke om, jeg vil råbe noget til dem.

»Stands! I kan ikke lade mid sidde her sådan. Alle de mange år, hej, I kan da ikke bare sådan gå fra mig. Det er jul! Vi er da veninder, ikke?«

Men de går bare. Og i virkeligheden har jeg slet ikke råbt til dem. Bare tænkt det. Sådan går det, når man er så meget alene. Så tænker man, at man råber og skriger, og i virkeligheden tier man helt stille, bare sådan.

Nu bløder det endelig. Den sidste ouzo drikker jeg alligevel hellere. Og så venter jeg på, at grækeren skal komme med regningen.

Bastard Bohntjesopp*

Den første efterårsstorm gav Janna en fornemmelse af, at hun indåndede flere saltpartikler end ilt, og alligevel kunne hun trække vejret dybere end i de forgangne uger og måneder. I dag måtte hun finde den vandtætte vinterjakke frem. Indtil slutningen af september havde man kunnet klare sig med en ulden trøje, men fra den ene dag til den næste var der opstået en fugtig, kold blæst, lige sådan et vejr, som får én til at længes efter en kop te og et stykke varmt æblekage med kanel og flødeskum, og som giver en anelse om, at vinteren står for døren. Jakken havde næsten ikke været til at lukke, stoffet spændte stramt over hendes mave, og velcrolukningerne åbnede sig ved hver bevægelse. Det ville ikke vare længe, inden den gode gamle jakke ikke kunne passe hende mere.

Det var på høje tid, utålmodigheden voksede i hende, sommetider mere end barnet, som var årsagen til den.

Men hun følte sig stadigvæk meget mobil, kørte på cykel mod vinden, lod regnen piske sig i ansigtet og blev oplivet af stormens kræfter.

Bådehavnen var allerede delvist oversvømmet, selv om den højeste vandstand først forventedes om halvanden time. De asfalterede veje kunne næsten ikke ses mere, alt syntes at være dækket af vadehavets grå masser. Men det er ikke noget særligt, bare det i nogen dage blæste kraftigt fra vest, var de skrøbelige havnemure oversvømmet og fik nye revner. I sejlklubben havde man længe diskuteret relevante byggemuligheder til en stormsikring, men Janna tvivlede på, at der virkeligt ville ske noget.

Sandsynligvis skulle der først ske en ulykke.

Janna stillede cyklen fra sig foran indhegningen, for på den anden side var vandpytterne allerede saltholdige. Hun prøvede først at komme tørskoet ud til båden, men øjeblikkeligt følte hun noget koldt og vådt mellem tæerne, og hendes bukser blev klamme. Nå, så kunne det også være ligegyldigt, hvor hun trådte, vandet slikkede hende

---

* Bohntjesopp er et dialektord, nærmest bønnesuppe. Her slangord for punchebolle.

som med lange våde tunger, og hun opgav at se efter, hvor hun trådte. Hjemme ville hun tage et varmt bad og lade sig frottere tør af Falk, han ville nænsomt massere hendes mave med avocadoolie og samtidig have dette undrende blik ... Janna smilede ved tanken og mærkede næsten ikke kulden på benene.

Den lille sejlyacht gyngede voldsomt mellem træpælene, men hun så med det samme, at der ikke var nogen akut fare: Fenderne beskyttede skroget mod beskadigelser fra voldsomme slag, og tovene var krydset, så båden kunne vippe op og ned, men ikke bevæge sig sidelæns.

»Hellere se efter én gang for meget end én for lidt«, tænkte Janna og ville lige til at vende om, da hun opdagede, at der var een ombord på *Tete-a-Tete*. Den blå presenning var åben og blafrede frem og tilbage i blæsten, og bagved aftegnede sig skikkelsen af en mand.

»Janna, jeg tænkte nok, at du skulle ud og se, om alt var i orden« råbte skikkelsen til hende, »på trods af vind, vejr og tyk mave ...«.

»Hvad laver du her« skreg hun tilbage.

Han gjorde anstalter til at gå fra borde og holdt sig fast i rælingen for at lukke afdækningen. »Jeg har ventet på dig. Hvor kan jeg ellers møde dig, uden at den halve ø ved besked om det.« Han biksede lidt ubehjælpsomt med lynlåsen og havde øjensynligt besvær med at holde balancen på den gyngende båd.

Ferskvandsmatros, for det gennem Jannas hoved, men med et langt skridt nåede han alligevel velbeholdent i land.

»Frerich, jeg vil ikke se dig.«

Med sine store våde hænder tog han om hendes mave. »Du ser dejligt ud.«

Egentlig ville Janna vige tilbage, hun hadede at lade fremmede hænder befamle sin mave, allerede folks vurderende blikke og spekulationerne, om hendes kugle indeholdt en dreng eller en pige, det var meget ubehageligt for hende, ja hun følte det faktisk som en krænkelse af sin intimsfære.

Men Frerichs hænder var sandelig ikke fremmede for hende.

»Det føles fastere, end jeg troede« sagde han omsider og fjernede hænderne fra hendes mave. Men da hun ville vende sig om, greb han hende usædvanligt hårdt i armen.

»Bliv her, Janna. Nu varer det ikke så længe, er det ikke rigtigt? Hvis ikke jeg har regnet totalt forkert, er det otte måneder siden, at vi to ...«

Denne gang rev hun sig løs. »Jeg vil ikke høre på det ...«, skreg hun og vaklede lidt. Hun greb for sig med højre hånd mod en gennemvåd træpæl og stod nu til anklerne i den kolde grå pyt af ler og havvand. Lad mig være i fred, sagde hendes blik.

Men manden gik på ny et skridt hen mod hende, så op på hende, halvt rasende, halvt bedende, med et vådt ansigt, hvor regnen løb ned. Som tårer tænkte Janna kort, hvis hun nu skulle kysse ham, ville han smage så salt som havet.

Han var næsten nået hen til hende og havde åbnet armene, som om han ville omfavne hende, selv om han vidste alt for godt, at Janna ikke ville beskyttes af nogen, at hun var den sidste til at miste fodfæstet.

»Pas på«, råbte Janna.

Men han snublede ved næste skridt, og hvor der før havde været fast bund, trådte han nu i dybet, og blev opslugt af det farveløse våde element.

I stedet for af hans hænder blev Janna nu ramt af et vindstød. Hun havde netop lige set ham i øjnene, havde fornemmet hans umiddelbare nærhed, og nu var han pudselig forsvundet under hende. »Frerich«, skreg Janna og pludseligt dukkede han op igen med rædslen malet i ansigtet.

»Sådan noget lort, Janna, min fod hænger fast,« han kastede armene tilbage for at finde et holdepunkt, greb i den lerede jord, men fik kun fat i en løs brosten.

»Jeg hænger fast i en line eller sådan noget, pokkers, jeg kan ikke komme løs.«

Janna så sig omkring, ledte efter et stykke reb, en kæp, bare et eller andet, men hun følte sig som lammet, hendes bevægelser var så langsomme og unøjagtige, som om det kolde vand allerede havde et fast greb om hende.

»Janna, en redningskrans, hent jeres redningskrans fra båden, jeg kan ikke holde ud længere« Hans stemme slog over, stavelse for stavelse bemægtigede angsten sig hans stemme og gjorde den mand, som lige havde villet holde om hende, til en skrigende, fortabt dreng.

Endelig kunne hun handle.

Hun tog fat i rælingen på *Tete-a-Tete* og trak sig på dækket med et voldsomt ryk. Redningskransen lå indeklemt i den forreste ankerkasse, men trods de klamme fingre fik hun fat i den.»Gudskelov, jeg har fat i den« skreg hun til den fortvivlede mand i vandet,»prøv at gribe den.« Hun kastede ringen over bord, næsten lige ned i de udstrakte arme, men strømmen og bølgerne kastede tingesten et par meter længere væk, så det var umuligt for den druknende at nå den.

Janna var selv forbavset over, hvor hurtigt hun havde bådshagen i hånden, hun lænede sig langt ud over rælingen, farligt langt, og sandelig om hun ikke med krogen fik fat på ringen. Hun trak den op til sig.

»Frerich, hold ud, jeg har styr på det, jeg har fået fat på den igen.« Hun slyngede igen ringen i den retning, og Gud ske lov, hun så hvordan hænderne i vandet klamrede sig til den hvid/røde plastikgenstand.

»Du har den, Frerich«, helt ude af sig selv af lettelse sank hun sammen på fordækket,»hold fast i den Frerich, du har den ...«

I mellemtiden var det lykkedes ham at få overkroppen skubbet op i ringen, med armene havde han fået fat i et fast holdepunkt og de første åndedrag efter dødsangsten gav ham kræfterne tilbage.

»Herregud, Janna, det var ...« han måtte trække vejret.

»... tæt på, min kære«, fuldendte hun sætningen. På alle fire kravlede hun over dækket, hendes arme og ben var næsten følelsesløse af udmattelse og skræk. Forsigtigt manøvrerede hun sig fra borde og følte lettet, da hun igen havde fast grund under fødderne.»Kan du nu få foden fri?«

Men på hans ubehjælpsomme bevægelser kunne hun se, at dette ikke var tilfældet.

»Vent, jeg hjælper dig med et ...«

»Det gør du ikke«, i den håbløse situation han befandt sig i, lød hans afvisning nærmest latterlig.»Hent hellere een, som kan skære mig løs.«

»Men vandet stiger stadigt. Selv med ringen kan du ikke holde dig oppe i al evighed ...«

Manden smilede, gudhjælpemig. Hans fod sad fast i en fælde et eller andet sted i dybet og truede med at trække ham ned, og han smilede til hende.

»Hent en eller anden i landsbyen, Janne, der er ikke så langt, jeg skal nok klare den så længe. Jeg vil ikke have, at du og vores lille skal udsættes for mere.«

Hun nikkede, men hendes skridt bort fra ham var nærmest nølende.

»Jeg ved, at det er vores barn« sagde han roligt.

Så løb hun.

Falk var glad for, at hans mor var rykket ud med bowleskålen, for normalt var hun meget egensindet med sine erindringsobjekter. Men den rundmavede krystalskål havde allerede stået på bordet, da Falk blev født, helt fyldt med ravfarvet Bohntjesopp, parat til enhver, som ville hilse på det nye familiemedlem. Og nu skulle den igen stå fremme i anledning af, at hendes første barnebarn var født ... Falks mor havde det godt med traditioner, han behøvede næsten ikke at overtale hende.

Opskriften fra dengang havde han også fået, skrevet på et stykke papir. »Det er også snart på tide at lægge rosinerne i blød, jo tykkere de bliver, desto bedre. Ligesom med kvinder. ..«

Hun kunne aldrig modstå sådanne bemærkninger.

Kandisen opløstes langsomt, og blev til en tyk, glinsende sirup, den gode brændevin kunne gøre én omtåget bare ved at indånde dens aroma, og Falk forstod nu, hvorfor nydelsen af denne Bohntjesopp altid gav så meget velvære om aftenen, men dagen efter gav ham de frygteligste tømmermænd. Disse mængder af sukker og den stærke brændevin gemt i de så uskyldigt udseende rosiner, og dertil udstyret med et så misvisende navn, de sneg sig slurk for slurk ombord som en trojansk hest med det mål, at gøre kål på de små grå celler.

Han syntes, det var sjovt at brygge denne djævledrik. Falk havde drukket hos så mange venner og efterfølgende lidt helvedes kvaler, næsten alle hans bekendte havde fejret det mere eller mindre ønskede afkom i muntre kredse om familiebordet.

Nu skulle han være værten, endelig.

Stormen kom næsten helt ind i huset, da Janna åbnede fordøren

»Jeg er hjemme igen«, råbte hun.« Båden har det godt, og så slemt bliver det nok heller ikke i nat.«

Janna elskede at starte sine beretninger, mens hun gik fra et rum til det næste, uden at man først kunne se hinanden i øjnene. Hun var højrøstet og stormende, som vejret udenfor, ingen vindstyrke kunne hamle op med hende, Og det elskede han hos hende.

»Hvad laver du, skat«, spurgte hun, næsten før hun var kommet ind i køkkenet.

»Du er jo pjaskvåd«, opdagede han. Det var ikke bare hendes blonde hår, som dryppede, hendes overall var pjaskvåd helt op på lårene.

»Jeg vil også have et varmt bad, kan du tro.« Ubekymret som altid trak hun tøjet af og puttede det direkte i vaskemaskinen.

Nøgen gik hun hen til ham og omfavnede ham bagfra, så godt det nu lod sig gøre. Den voldsomme mave var efterhånden blevet en hindring, når de ville være tæt sammen.

»Jeg måtte stramme nogle reb, så kan man godt gå hen og blive lidt fugtigt,« fortalte hun som en henkastet bemærkning, men han var klar over, at hun på forhånd ville tage vinden ud af hans sejl.

Hun kendte hans bekymring for hende, og han vidste, at hun ikke brød sig ret meget om det. Normalt kunne han også styre det og lod hende gå, hvorhen hun ville. I de otte år de, havde været gift, havde han ikke en eneste gang kritiseret hende for hendes ubekymrethed. Men siden hun var gravid, havde han svært ved at skjule sin bekymring for hende.

Hun havde jo ikke længere bare ansvaret for sig selv, men bar et lille, sårbart væsen under sit hjerte, som måtte deltage i alt, hvad Janna havde sat sig i hovedet. Ville det bare være kommet, tænkte Falk, så kunne jeg vugge det i mine arme og beskytte det ...

»Næste gang er det nu min tur med at se efter båden. Bare jeg tænker på, at du med den mave ...«

Som ventet afbrød hun ham straks: »Jeg er gravid og ikke syg.«

Han lo og tog hende i sine arme. »Jeg fylder badekarret for dig, skat. Drik du en kop te mere, fyrfadslyset er tændt endnu.« Hun adlød villigt.

»Du er som en far for mig.« Det kunne hun naturligvis ikke holde mund med.

Kort efter sank hun saligt ned i badekarret, og fra håndbruseren lod hun det varme vand løbe ned over maven. Kuplen ragede op af skumbjerget og glinsede stramt og sundt.

Falk satte sig på randen af badekarret og masserede Jannas nakke. Hun sagde ingenting. Et overbevisende tegn på, at hun nød det.

»Jeg er i dag endelig gået i gang med den Bohntjesopp.«

»Jeg har lugtet det,« smilede hun.

»Jeg kan næsten ikke vente på at se Enno og de andre vippe ned af stolen. Min opskrift virker som krudt!«

Hun lo. »Det er godt med dig ...« hun dukkede hovedet under vandet for at skylle shampoen ud.

Falk gik ud i køkkenet igen. Skålen med de vaskede rosiner stod ved siden af vasken. Han betragtede de små rynkede tørfrugter.

»Nå,« mumlede han, »kan I så se at blive tykke og runde« og så hældte han hele portionen i den sukkersøde brændevin. De sank ned på bunden af skålen.

Så gik han tilbage til badeværelset for at frottere Janna helt tør og massere hendes mave med avocadoolie, og for resten skulle hun ikke ligge så længe i vandet.

Barnet blev født samme nat.

Kort efter, at Janne var kravlet ud af karret, gik vandet. Varmt og klart strømmede hele herligheden ned over badeværelsestæppet, og veerne startede næsten med det samme. Janna sagde, at veerne føltes som bølger. Og hun havde smilet samtidigt, hvad andet kunne han også vente af hende.

Stormen gjorde det helt umuligt for dem at forlade øen. Hverken helikopteren eller redningsfartøjet kunne komme ind til fastlandet i den storm. Lægen på øen, en nærmest vrissen person, som boede alene, kunne næsten ikke skjule sit mismod over den uafvendelige hjemmefødsel.

»Deres kone skulle være taget derover for længe siden«, mukkede han, da han pakkede instrumenttasken ud på køkkenbordet. »Man får da så mange varsler, som viser, at fødslen er nært forestående, så er det uansvarligt at blive på øen. De ved jo, at jeg ikke er en jordemoder og ikke kan foretage et kejsersnit, for slet ikke at tale om den manglende kuvøse, som burde stå parat til babyen når det fødes fire uger før tiden ...«.

Han rystede på hovedet, og Falk blev helt dårlig ved alle disse bebrejdende ord fra lægen. Han følte sig elendig og skyldig, han vidste, at ved den sidste undersøgelse hos gynækologen var babyens hoved allerede sunket ned i bækkenet. Men Janna kunne ikke overtales til at blive på fastlandet, hun ville tilbage til øen, hjem, det skulle nok gå alt sammen, slut med al den snak. Og Falk var den, der gav efter.

Da han nu så på sin kone, hvordan hun roligt og koncentreret tog imod veerne, faldt han til ro. Som bølger, havde hun sagt, og som hun nu blev omgivet af ve efter ve, mindede han hende faktisk lidt om skibet *Tete-a-Tete*, deres tunge sejlyacht, robust og bygget af stål, så kunne heller ikke den værste bølgegang skade hende.

Janna skulle nok klare det, kunne han mærke, og måske kunne han assistere hende lidt, hjælpe lidt, beskytte hende ..., helt ærligt, så håbede han, at han kunne.

Da den lille datter kom med det første skrig, var al tvivl glemt. Stærk og sund, nøjagtigt som moderen, og hun lokkede et stolt og tilfreds smil frem hos den pessimistiske, tvivlende læge.

Janna lagde straks det nøgne væsen til brystet og virkede et øjeblik helt rolig og selvfølgelig, som havde hun skænket liv til mindst tusind børn.

Eller som om hun var nået i havn.

Og Falk var overvældet.

Fire dage senere var stormen løjet af. I stedet var der kommet en kold østenvind, som syntes at blæse vandmasserne ud af vadehavet.

Den åbenbarede sårene, som højvandet havde forvoldt.

»Efter oprydningen mødes vi hos Janna og Falk til barselsvisit ...« lød det blandt øboerne, som dog i første omgang havde taget sig af den temmeligt medtagne bådehavn.

De gned de kolde fingre og glædede sig allerede til den varmende fornemmelse, når brændevinen med rosinerne ville give dem det varme blod tilbage i sjæl og krop.

Kystsikringssten havde til dels revet sig løs i den gennemvædede jord, og nogle træfortøjningspæle stod skråt og vaklende i havnebassinet. Stien var overdænget med leret slik, og var mere ujævnt end før. Man var enige om, at der måtte gøres noget, inden der skete en ulykke.

»Enno, her svømmer noget« råbte de små drenge ophidset til havnemesteren. De havde begejstret deltaget i oprydningsarbejdet, de små insulanere. Med deres kæppe og ketsjere var de travlt beskæftiget med at pille alger og rester af søtang af tove og liner.

»Det ligner en redningskrans« råbte en lyshåret gut, som med bådshagen prøvede at frigøre det grå/grønne overgroede objekt. Fire drenge stod ophidset omkring ham.

Nu kom havnemesteren til stedet, og med sin kæp og de lange arme lykkedes det ham at få fat i tingesten og fiske den op af vandet.

»Det er rigtigt, det er en redningskrans« bekræftede han, og ivrige børnehænder skrabede søtangen til side. »*Tete-a-Tete*« læste Enno forundret og råbte så til sine sejlkammerater: »Se lige efter i Falks båd, om der er ødelagt noget. Hvorfor skulle redningskransen ellers svømme rundt her? De havde fastgjort den forsvarligt, det ved jeg, Janna er da altid så pertentligt med sagerne ombord.«

Vennen kravlede ombord på sejlbåden og så sig omkring. »Hmm, ankerkassen er åben, og bådshagen ligger halvt indeklemt på fordækket, men ellers …« han så rundt en ekstra gang. »der er ikke noget i stykker. Kun presenningen er ikke lukket helt. Der er bestemt løbet nogle liter vand ned i cockpittet …«

»Nå, det bliver Janna nok glad for. Lige nu, hvor babyen er der, og så sådan et svineri om bord….«. Benno slæbte redningskransen hen til sin cykel. »Denne her tager jeg straks med hen til de to, når vi skal have Bohntjesopp.

»Hvis jeg kender Janna ret, så springer hun allerede i dag på cyklen for at skrubbe båden«, drillede en klubkammeraten og kravlede fra borde.

»Ha, ja, mens Falk ammer babyen…« mændene lo højt, »med Bohntjesopp.«

Drengene derimod havde igen optaget deres forskellige sysler. »Bare fortsæt sådan« opmuntrede havnemesteren dem. »Hvem ved, hvad I ellers finder af skatte i vores havnebassin.

Janna havde lagt den lille Fenna i stuevuggen, for at alle gæster kunne kaste et blik på hendes vidunderlige datter. Barnet sov mæt og fredeligt, det havde lige drukket begærligt af hendes bryst en halv time, og var så omgående faldet i søvn i hendes arme. Nu kunne hun hjælpe Falk med at anrette smørrebrødet og saltstængerne på bordet. De små kopper uden hank, hvoraf man nippede til Bohntjesopp'en, havde han lige hentet hos sin mor. De måtte skylles, der var ikke blevet drukket af dem i årevis. Porcelænet havde ventet på sin indsats i en hel evighed. Den sidste familiefest var blevet holdt for otte år siden i anledning af deres bryllup, og brændevin med rosiner blev altså kun serveret ved ganske særlige anledninger.

»Du er virkelig en ganske særlig anledning« hviskede Janna med et blik ned i vuggen. Falk, som havde iagttaget hende, omfavnede hende bagfra og kyssede hende ømt i håret. Hun nød hans nærhed, det havde hun egentlig altid gjort, men siden hun var blevet mor, følte hun en hel speciel varme i sig. En følelse, som fik hende til at vende sig om og omfavne sin mand, samt modtage og give tryghed. Det havde varet frygtelig længe, inden hun opdagede denne dybde inden i sig selv …

Men nu var de nået dertil. De vidste begge helt sikkert, at de nu endelig var sammen, boede sammen på den samme ø, sad i samme båd.

»Moin, hvor er pragteksemplaret?«, lød det fra entreen. »Åh, hvor er det dejligt varmt her!«

De første gæster kom indenfor, det var nabokonerne og kvindelige kammerater fra sejlklubben. Som en selvfølge lagde de jakkerne i køkkenet, så henrykte ned i barnesengen og kom med de obligatoriske kommentarer: »Nå, Falk, det kunne Janna jo nok ikke have klaret helt alene …« »Hun ligner moderen på en prik, …« og »Nu får du det svært som eneste mand …«

Janna og Falk så på hinanden og smilede.

»Hvor er mandfolkene for øvrigt henne?« bemærkede Falk, da han havde forsynet alle tilstedeværende med en skefuld Bohntjesopp i koppen, og de alle havde drukket den første slurk på Fennas sundhed.

»De er på havnen endnu, der trænger sådan til at blive ryddet op efter stormen.«

Janna satte sin drik tilside.

»Kan du ikke lide min blanding«, spurgte Falk, som ikke slap sin kone med øjnene.

»Jeg vil holde mig lidt tilbage« undskyldte hun sig, »ellers er lille Fenna død-drukken efter den første slurk modermælk«

Konerne lo og fortalte om deres mødre og bedstemødre, som ved hjælp af en ekstra portion Bohnjesopp fik skaffet sig et sovende barn og en rolig nat.

Men Janna hørte kun efter med et halvt øre.

»Men nu må mandfolkene også snart komme«, undrede konerne sig. De gammelkendte historier, som altid blev fortalt ved barnefødsler var udtømte, fra Lille-Johanns fødsel i kostalden til Trientje Janssen, som skulle være løbet over vadehavet, mens hun havde veer, for at føde sit barn på sygehuset. Konerne greb nu stadig mere opsat efter sildemadderne, og emnerne blev mere og mere almindelige og uinteressante.

Lige da de første koner havde rejst sig for at gå, kom børnene. Fem drenge, oversmurte med leret slik, men de gestikulerede vildt med hænderne, de kunne næsten ikke få et ord frem af bare ophidselse, råbte i munden på hinanden og afbrød hinanden hele tiden.

»Vi har opdaget et lig ...«, »helt oppustet ...«, »super ækelt«, »totalt indsnoet i linerne ...«, »bådshagen røg lige ind i kødet ...«, »som opblødt brød« ...

»... mor, mor ...«

Børnene var helt ophidsede og vaklede mellem eventyrlyst og afsky og søgte efterhånden hen i armene på deres respektive mødre. Mens de stadigvæk var rystede og lyttede til de beroligende ord. De voksne tav chokeret. Janna var gået hen til barnesengen.

Så trådte Enno ind ad døren, havnemesteren, også han i sit beskidte arbejdstøj med skrækken malet i ansigtet.

»Det er vist Frerich«, sagde han kun og tog lidt teatralsk huen af hovedet.

Rædslen bredte sig i rummet, selv kvinderne, som brændevinen var steget til hovedet, blev blege.

»Selvmord?« spurgte Falk.

Enno rystede på hovedet. »Aner det ikke, vi har trukket ham op af havnebassinet med hjælp fra brandvæsenet. Han var blevet snoet ind i bådlinerne, derfor er kroppen nok også først kommet til syne i dag. De sidste dage var vandstanden for høj.«

»Åh, min gud« slap det ud af en af kvinderne, og alle i rummet syntes at overgive sig til deres forestillinger af det syn, det måtte have været. «... De sidste dage ... hvor længe mon, åh min gud!«

Enno gik hen til bowleskålen og tog selv en stor slurk brændevin. Han gav afkald på rosinerne.»... nok temmelig længe ...« fuldendte han tanken.

Der blev stille.

To af drengene var begyndt at græde i armene på deres mødre, først nu kunne man høre deres sagte, lidt skamfulde hulken. Kvinderne rejste sig, den ene efter den anden, og satte deres kopper ud i køkkenet. Der tog de jakkerne på og tog afsked med et undskyldende blik.

Fem minutter senere var de alle gået, kun Enno havde taknemmeligt taget imod en portion Bohntjesopp mere, han sad nu alene ved bordet sammen med Falk.

Janna stod stadig ved vuggen, som hun sagte gyngede frem og tilbage.

»Vi antager, at Frerich må være forulykket for fire dage siden.« Enno nippede til sin drik.

»Hvordan kommer I til denne antagelse?«, spurgte Falk.

»Siden har ingen set ham og ...«

»Hvem skulle også have set ham. Frerich er, æh ..., var jo alt andet end én, der gik på værtshuse, ham så man da ikke nogen steder.«

Enno tøvede lidt.»Og ... altså, det må være sket på stormens første dag, ved normal vandstand havde man observeret det noget tidligere, hvis ulykken overhovedet var sket ...og efter tilstanden af hans lig at dømme, kunne det også været sket en dag senere. Jeg er jo ikke fagmand for patologi og det der ...«

Janna havde taget drikken op til læberne og tog en lille slurk.

»... men når en krop pludselig er dobbelt så stor som ellers ...«

Hun stak med sin lille gaffel i en fyldt rosin, skindet revnede ligefrem og frugtkødet væltede frem. Janna slap koppen og løb ud af stuen. De to mænd hørte hendes halvkvalte opkastninger fra badeværelset. De to så på hinanden.

»Var én af jer nede på havnen den aften?« spurgte Enno næsten hviskende.

De to var venner, de havde aldrig udtalt det direkte, men et sandt venskab består jo heller ikke af ord.

Derfor var Enno også lidt forlegen, han rømmede sig.»Jeg spørger kun, fordi vi fandt jeres redningskrans i havnebassinet. Én må have taget den op fra jeres ankerkasse, og jeg formoder, det var for at redde Frerich.«

Falk smilede, selv om det var lidt upassende. »Den aften havde vi bedre ting for. Der blev vores datter da født.«

»Jeg ville kun gøre dig opmærksom på det. Du må regne med, at politiet vil opsøge jer. Ethvert unaturligt dødsfald bliver undersøgt af politiet, og redningskransen er nu engang et tegn på, at en eller anden har observeret ulykken. De vil sikkert spørge jer om det. Jeg håber ikke, at det vil gå jer alt for meget på.«

Janna var stadigvæk i badeværelset. Babyen i vuggen var begyndt at skrige. Falk tog forsigtigt den lille pige på armen og puttede sin lillefinger i munden på hende, hvilket resulterede i et heftigt sutteri.

»Den lille har en velsignet appetit« sagde Falk forbavset. »En skam, at vi mænd under de omstændigheder kun kan byde på en tør finger.«

Enno forstod bemærkningen. Han rejste sig, tømte den sidste slurk brændevin stående og tog afsked.

Janna stod i dørkarmen og observerede Falk, som forsøgte at berolige den stadigt mere krævende Fenna. Og hun vidste, at han nu så på barnet med andre øjne.

Falk var ikke dum.

»Du har ikke fortalt ham noget?«

Han vendte sig om mod hende, og så på hende.

Han behøvede ikke at sige til hende, at han havde forstået. Han vidste, at hun den aften havde været ved havnen og måtte have løjet for ham, da hun sagde, at alt havde været i orden.

Og for resten kunne han lægge to og to sammen, hvis han ville.

Men da Janna kom hen imod ham og kærligt tog barnet ud af hans arme for at give det bryst, da havde han allerede fortrængt denne tanke.

Falk tog krystalskålen. Den var endnu halvt fyldt, og da han gik mod badeværelset, måtte han passe på, at indholdet ikke skvulpede over. Han løftede låget på toilettet og i et skvulp hældte han det ravfarvede indhold ud. Han så de tykke rosiner forsvinde, da han skyllede ud.

Janna stod bag ham.

Det stod lysende klart for dem begge, at han fra dette øjeblik var den stærkeste af dem.

Luftforandring

Natten før den dag, hvor Marita forsvandt, sov hun dårligt. Hvert raslende åndedrag kostede Beeke en enorm anstrengelse, hun havde en fornemmelse af, at hendes bryst var bristefærdigt fyldt med en ætsende luft, som klamrede sig fast i hendes lunger, og næsten fik hendes overkrop til at briste.

Mere end én gang satte hun sig op i sengen, og hvis dette ikke lindrede, dinglede hun langs den hvide, kølige væg hen til det åbne vindue og pressede sine læber gennem den smalle åbning ud til den friske natteluft, da hun ikke havde kræfter til at åbne de gamle hængsler helt.

Hendes øjne var nu helt lukkede, og når Beeke lukkede øjenlågene halvt op, var det kun for at finde frem til inhalationsapparatet, som gudskelov lå parat på det lille malede egetræsskab ved siden af sengen. Hun kastede et kort blik over på ægtesengen i rummets andet hjørne, den ternede hovedpude med knækket i midten stod uberørt på sengetæppet, far var ikke hjemme, igen ikke hjemme. Han havde sikkert sin mobiltelefon med sig, men hvordan skulle han også kunne hjælpe hende? Når Beeke fik et astmaanfald om natten, sad lillemor altid ved hendes seng og så bekymret på hende, holdt hendes hånd og sukkede, mens far fik sin velfortjente søvn, han skulle tidligt afsted og på arbejde. Mor havde altid tid til hende. Men hvad nytte var det til i Bayern, Beekes mor var blevet hjemme i Bremerhaven.

På et eller andet tidspunkt i løbet af natten forvandledes den paniske hiven efter vejret til et resigneret, overfladisk åndedræt og hun faldt i søvn. Ikke nogen dyb eller fast søvn, som en elleveårig pige havde behov for for at vokse, mere som et dyk ned i brudstykker af drømme, hvor den fremmede omgivelse, angsten for at blive kvalt og mistanken til hendes far blandede sig sammen til et foruroligende pløre, som lagde sig sejt på hendes tanker.

Hun drømte om kroen overfor, bag hvis porte en stor hund i lænke spyttede sit savl helt ud på gaden. Beeke ville derind og se, hvilke hemmeligheder denne særpræget kønne, mørkhårede Marita udvekslede med hendes far, når de begge forsvandt bag den grønne stalddør uden

81

at bemærke køteren. Men hun turde ikke, hun kunne selv lugte sin angstsved, som signalerede til hunden, at hun var et let offer.

Derfor blev hun stående på den smalle vej for at se på, hvordan han gnavent og bedømmende hev de dinglende grisekadavere ud af slagterbilen. »I dag skal vi have lunger, min lille ven«, råbte han så og vinkede hende over til sig med de grove hænder. »Lunger med brødboller, går du sammen med far hen at spise? Du vil have godt af det, lille du! Frisk lunge fra grisen, se, du kan præcist kende dem.« Og så vendte han den åbne svinekrop i hendes retning, og hun stirrede på den, genkendte årer og tarme og lugtede blodet og den saft, som dryppede fra kødet på vejen. Hun ville vende sig om og løbe væk, så nemt og hurtigt som andre børn gjorde det, men hun blev lammet i en puppe af sygdom og formaninger fra moderen. »Du må ikke anstrenge dig for meget, Beeke, tag det roligt, ellers kan du ikke få vejret.«

Da hun om morgenen vågnede af dette mareridt, sved hendes lunger anklagende, som var hun alligevel løbet et stykke og nu fik straffen for denne ufornuft.

»Sovet godt, min skat?« Lød hendes fars stemme fra den krøllede pude. »Luftforandringen synes at bekomme dig godt. Du ser meget frisk og solbrændt ud«.

Beeke nikkede. Hun ville ikke ødelægge hans gode humør, som han havde lagt for dagen siden deres ankomst til Waging ved søen. Hendes far var virkelig frisk og solbrændt efter den uge, de havde været her, det var der ingen tvivl om. Han satte altid en dobbelt portion til livs, når de om middagen sad i solskinnet ved et lille plastikbord hos Marita og hendes far. Og Beeke måtte gerne som dessert frit vælge sig en is i den store dybfryser bag bardisken, uanset størrelse og pris. Hendes mor ville have skældt ud: »En sund ernæring kan kun være sund, når den gennemføres konsekvent!« For meget fedt, for få vitaminer, og så hvidtøllet, som hendes far drak dagligt, og nu fik hun en stor special is, godt hendes mor var langt væk. Hendes far blinkede til hende, hans øjne var i mellemtiden indrammet af solbrændte smilefolder, og de strålede som aldrig før. Dette var deres indbyrdes tegn på, at de derhjemme aldrig ville røbe deres inkonsekvente levevis.

»Lyst til friske rundstykker?«, spurgte faderen fra badeværelset.

»Her hedder det Semmeln«, sagde Beeke højt, men uden styrke, hendes åndedræt var fremdeles ømt og sløret. Alting havde andre navne her. Endda børnene, hun skulle lege med, havde særprægede navne: Mariannerl, Evi, Schorsch ... og alle lo forbavset over hendes navn. De havde også et andet sprog, sagde knægt i stedet for dreng og sådan, og når Beeke endelig forstod, hvad de ville af hende, var de allerede rendt tværs over de saftiggrønne enge på deres kraftige solbrændte ben og styrtet ned ad stejle skråninger uden at tude, når de skrabede skinnebenene på fjeldets sten. Det var nu mest for de herlige ponyer på engen bag Maritas gæstgiveri, at Beeke var ked af, hun ikke var som de andre. De red på ryggen af de brun/hvid plettede rygge rundt om badesøen, hvor den knaldblå bjerghimmel spejlede sig, og havde de det for varmt, så trak de deres T-shirts af og hoppede i vandet. Og hun, Beeke, stod tilbage, var allergisk mod alt det kryb omkring hende og kunne igen en gang ikke finde hen til sin far, fordi han var forsvundet forbi lænkehunden sammen med Marita.

Hun så ud af vinduet ned på gæstgiveriet overfor, hvor Maritas mand netop stuvede kæmpestore blå plasticsække ind i den enorme bil. Hun kom igen til at tænke på den ækle drøm, og følte, hvordan hendes bronkier blev forkrampet ved disse tanker.

Hendes far kom fra badeværelset og grinede. »Så siger vi Semmeln. Render du lige hen og henter fire?«

»Jeg kan ikke rende...«

Han rullede med øjnene, Beeke hadede ham, når han gjorde det. »Du har aldrig prøvet.«

Beeke greb hans pung, åbnede møjsommeligt den tunge fordør og gik langsomt ned ad trappen til gården. Flagrende høns tabte fjer omkring hende, og hun følte straks, at alle disse bakterier og allergener trængte ind i hendes næse og forgiftede den indvendigt fra.

Maritas mand var stadig beskæftiget med læsningen. Der fandtes intet fortov på hendes side af vejen, så Beeke måtte benytte den anden side og kom direkte forbi ham. Han slyngede poserne op på læsserampen, smattet og slasket kunne de lige placeres i det sidste hjørne af vognen, men da han knaldede døren i, var pladsen vel alligevel udnyttet lidt for meget, og én af poserne gik i stykker. Slimede kødrester væltede ud, og en lyserød saft rendte ned ad plasticposen.

»For pokker da også« bandede Maritas mand. Så bemærkede han

Beeke og smilede undskyldende.»Det skal ikke ske igen, unge dame fra det høje nord. Men i dag er en dag, hvor man kunne malke høns, siger vi altid i Bayern.« Han lo højlydt.

»Det siger vi nordtyskere også« sagde Beeke sagte mens hun passerede ham. Hun opdagede, at hendes skridt var lidt hurtigere, end hun kunne tåle. Drømmen ...

»Pigelil, når du ser min Marita, så sig, hun skal komme omgående og hjælpe med spulingen. Jeg har slet ikke set hende i dag«, råbte han efter hende. Beeke vendte sig kort tilbage og nikkede, og på en eller anden måde havde hun en fornemmelse af, at han svedte mere, end den morgenfriske temperatur betingede.

»Marita er væk« sagde hun derpå til sin far, da hun satte sig til det dækkede morgenbord og fiskede semlerne op af posen. Hun sagde det kun, fordi hun var spændt på hans reaktion. På dette tidspunkt var der intet, der tydede på, at Marita aldrig ville vende tilbage.

Gæstgiveriet overfor fortsatte med at holde åbent. Beeke og hendes far tog fortsat derover for at spise middagsmad, selvom Marita ikke længere var til stede, og hendes mand havde ansat en ældre hjælp fra nabobyen, som for det meste serverede maden lunkent på bordet. Kun få dage før afrejsen blev Beeke opmærksom på, at hun faktisk havde fået det bedre: Fra time til time kunne hun fylde hun mere af den glasklare bjergluft i kroppen, blodet i hendes årer syntes at boble af ilt, og på den vanlige morgentur efter rundstykker hoppede hun fra det ene ben på det andet. Bare hendes mor kunne se hende sådan ...

Faderens overmod i starten var veget tilbage for en større balance, som hun aldrig havde observeret hos ham før. Han blev hos hende om aftenen i ferielejligheden og læste, kun indimellem gav han den besked, at han lige ville drikke en pilsner i kroen overfor, og så placerede han sig ved et vindue, så hun hele tiden kunne se ham, når hun kiggede ned.

Men det bedste ved det hele var, at han den næstsidste dag tog hende ved hånden, og at de sammen gik forbi lænkehunden og hen til hestefolden, hvor hun nænsomt og modigt strøg verdens kønneste pony over manken.

»Kan du lide den« ,spurgte hendes far, og fik et strålende nik som svar. »Den hedder ›Energi‹, det ved jeg fra Marita«, tilføjede han stille og næsten hemmelighedsfuldt.

»Hvor er Marita? Ved du det?«

Faderen trak på skulderen. Beeke opfattede, at denne gestus hverken betød ja eller nej, og turde ikke spørge mere, selvom hun var meget interesseret.

»Jeg har noget vigtigt at lave, min skat, kan jeg overlade dig til dig selv lidt? Bliv bare her så længe!«

Hendes far ventede ikke på hendes svar, han gik hurtigt ud på gaden, køteren sprang frem og nåede næsten hans lægge, og Beeke kunne mærke hvert eneste bjæf helt ind til sine nakkehår, som havde rejst sig af skræk. Hvorfor lod han hende være alene?

»Far«, råbte hun lydløst, men hunden syntes at have hørt hende, for nu kastede den sig frem i lænken i hendes retning, og dens øjne trådte frem, så hun kunne se det hvide og det røde skinne frem under øjenlågene. Hendes lunger var lammet i løbet af sekunder, næsten funktionsløst slap de dråber af luft indenfor, lige nok til for at stå helt stiv af skræk og producere kold sved. Det er slut, tænkte Beeke, jeg skal dø her, lige kort efter mit livs dejligste øjeblik, hvor jeg følte en blød ponypels under min hånd, skal jeg nu dø. Holde op at trække vejret og langsomt gå til grunde, som en fodbold, hvor luften siver ud af et næsten usynligt hul, indtil et slapt læderhylster falder sammen.

»Den er bare sulten« hørte hun den dybe stemme fra Maritas mand, som trængte igennem til hende. Den knirkende lyd, som en tung blikspand frembringer, når den stilles på fasttrampet jord, blev efterfulgt af en højlydt smasken, og først da bemærkede Beeke, at hunden ikke gøede mere. Hun åbnede øjnene, som hun slet ikke var klar over havde været lukket.

»Wolfi får altid resterne fra slagtningen, han er en grovæder.« Maritas mand kom langsomt hen imod hende. Beeke kunne udelukkende spore sit åndedræt i den spændte brystkasse som et surrende op og ned. Luftmængden, hun dermed indtog, var lig nul.

»Kan du lide ponyen? Den er født hos os, for fire år siden. Min kone, Marita, har selv trukket den ud af moderhoppen. Et pragtdyr, ikke?«

Beeke søgte dinglende støtte bag sig, hendes rystende fingre fik fat i hesteindhegningens træ, som hun kunne støtte sig lidt til. Hjælpeløst løftede hun sine forkrampede skuldre op, for på den måde at få lidt mere plads i brystet. Luft...luft...

Maritas mand syntes slet ikke at bemærke hendes kvaler. »Vil du vide, hvor hun er? Min kone, mener jeg. Hun er forsvundet, for to uger siden, ved du det? Jeg er slemt i knibe uden hende for pokker ...«, han så forskrækket på Beeke, »... åh, undskyld, du griber mig altid i at bande. Jeg er et fromt menneske, skal du vide, og denne gudsbespottende banden passer egentligt slet ikke til mig. Men nu, hvor min kone er borte, griber jeg mig selv i det tiere og tiere ...«

Han tog om hendes arm, næsten lidt voldsomt, men Beeke kunne ikke stritte imod, da han trak hende efter sig.

Hovedrystende, mens han mumlede for sig selv, førte han hende ind i huset og lige igennem den røde stalddør, hvor faderen altid var forsvundet sammen med Marita.

Beekes slimhinder opsugede omgående den bidende lugt af ammoniak, og luften, som syntes helt tæt af hø, halm og dyrehår, lagde sig ætsende på de sidste frie åndedrætskanaler. Beeke forsøgte at sige noget, hun ville gøre den travle, vrantne mand begribeligt, at hun ikke kunne gå længere, at hun ville dø om et øjeblik. Men der var ingen luft tilovers, så hun kunne få stemmebåndene i svingninger, altså lod hun sig bortføre af Maritas mand, som næsten slæbte hende gennem kostalden, hun var helt alene med denne slagter, denne med blod besudlede fremmede, og kunne ikke engang skrige. Endelig sparkede han en dør op i enden af stalden, de hvide kakler skinnede rene, og hun glædede sig over den smule ekstra ilt.

De var i slagterummet. Beeke kunne genkende det på de skræmmende, blanke kroge og på de vandige, røde spor, som løb i små strømme hen ad gulvet og forsvandt i et afløbsrør. Hun blev straks kold i dette rum, og hun fornemmede næsten, at hendes tænders klapren gav ekko fra de sterile vægge.

Og så standsede Maritas mand, han vendte sig om og så gennemtrængende på hende, næsten som om de var kommet til det sted, hvor lysforholdene var optimale, for at se vurderende på hende.

»Vil du vide hvor hun er?«

Beeke kom i tanker om drømmen, hun havde haft, natten før Marita forsvandt, og også mødet næste morgen, hvor denne mand læssede blodige sække i sin bil. »Nej« fremstammede hun pinefuldt.

Men han syntes ikke at have hørt hende, for han vendte sig bort og begyndte at hvæsse en kniv. En kniv med en klinge, som Beeke aldrig nogensinde havde set, og som hun vægrede sig for at tænke nærmere på, med alt det hun var blevet draget ind i, nådesløst og tungt.

»Hun har en anden, denne Marita« sagde manden i samme takt, som metallet ramte stenen. »En, der er bedre end jeg, har hun skrevet til mig på en seddel. Én eller anden fra Nordtyskland, ha, ligesom dig. Han har holdt ferie her og taget min kone fra mig, sådan er det.«

Beekes hjerte blev som sten, hun kunne mærke det smertefulde organ ved siden af lungen, det føltes, som om det blødte. Far. Det måtte ikke være ham ...

Hun lænede sig mod de nøgne fliser og prøvede at trække vejret. »Vi har i årevis levet så godt med hinanden, Marita og mig. Gæstgivergården, slagteriet, ponyerne ... Han sukkede dybt. »Jeg ved, jeg er ikke nogen moderne mand, som bærer sin kone på hænderne og hver dag fortæller hende, hvor dejlig hun er. Og min Marita var køn, virkelig smuk. Det gør mig meget ondt, mit barn. Forstår du mig?«

Så så han igen på hende. Beekes ben ville give efter, hun kunne ikke længere stå oprejst, men gled ned ad væggen og ned på gulvet. Hun blev siddende, rystende af angst, fortvivlelse, kulde og åndenød. Det var slut. Hendes far havde tilføjet denne utroligt stærke mand en uendelig stor sorg, og her sad hun, alene og svag og hjælpeløs. Igen måtte hun tænke på de blodige sække.

»Hvad fejler du, barn?« Den dybe stemme gav ekko i rummet, Beeke kunne slet ikke røre sig, ikke svare. »Har du det ikke godt?«

Han gik hen imod hende og knælede ned foran hende.

»Er du bange?«

Nu kunne hun nikke, men kun et par millimeter hævede og sænkede hun kinden.

»Men hvorfor dog?«

»Sækkene ...«, stammede hun.

»Hvilke sække, mit barn?« Beeke tog ikke fejl, han så forskræmt ud, kiggede hektisk fra side til side.

Hun samlede alle de kræfter, hun kunne mobilisere i sin afkræftede krop, og tog et dybt åndedrag. En pibende lyd kom fra hendes hals, hun formede læberne for at fortælle ham, at hun anede, hvis kødagtige rester han i morges havde læsset på bilen, og at hun nu ventede på hans hævn overfor hendes far.

Men hun behøvede ikke at sige noget. Han strøg hende lidt ubehjælpsomt gennem håret, og ved siden af hans skuldre dukkede endelig, endelig, hendes fars ansigt op.

»Beeke, skat, tag en dyb indånding. Hvad er der dog sket?« Den sidste smule luft undveg hende i et eneste ord:»Far!«

Hun havde en våd klud på panden, og Maritas mand hentede den største is til hende, han kunne finde i dybfryseren. Faderen havde haft et inhalationsapparat i lommen, og de første begærlige sug var havnet som silke i hendes forkrampede overkrop og havde sprængt det stramme kvælningskorset. Nu havde hun det bedre. I det mindste fysisk.

Hendes øjne forfulgte dog fortsat ethvert af de tunge skridt, Maritas mand tog, og hun kiggede også efter sin letfodede, glade far. Det var, som om disse to så forskellige mennesker stod ved en af disse stejle bjergsider, og den ene kunne skubbe den anden ud over kanten og i fordærv med bare et lille skub.

Gør det ikke, far, tænkte Beeke. Hvis du gør noget så skrækkeligt ved os, som at begynde et forhold med den kønne Marita, så vær i hvert fald så klog, ikke at fortælle hendes mand det. Han ville slagte dig, far, flå indvoldene ud og hænge dig på en af disse gyselige kroge, så du kan forbløde.

Hendes far rendte ophidset frem og tilbage mellem vinduerne ud mod vejen, så mindst én gang i minuttet på sit armbåndsur på det brune håndled, det slog Beeke, at han ville flygte, at han havde fået nok af sin syge, svagelige datter, som ikke ville løbe og var bange for hunde. Han ville benytte den næste lejlighed til at forsvinde gennem den tunge trædør uden at sige farvel. Han ville hen til Marita, det var helt sikkert.

Beeke kunne igen trække vejret, som om der aldrig havde været problemer, men hendes hjerte føltes stadigt tungt og opsvulmet under ribbenene. Hun tænkte på fremtiden og på sin mor, som altid gjorde sig så mange bekymringer.

Beeke så ud af vinduet. En bil kørte elegant op på gæstgivergårdens parkeringsplads, det var en fremmed terrængående vogn med nummerplader fra Bremen. Bag ved rattet sad en køn, slank kvinde med mørke solbriller og et broget tørklæde om hovedet.

Beekes hjerte standsede nu virkeligt for et kort øjeblik: Hun kendte denne kvinde, men hun havde ikke ventet at se hende her.

Faderen gav et lille begejstret rejehop og forlod krostuen.

»Er det ikke en overraskelse, hva?«, sagde Maritas mand, som stod bag bardisken og polerede glas. Beeke kunne ikke se på ham, om han virkelig glædede sig, eller bare fortrak mundvigene opad. »Din mor er en køn kvinde, det må jeg nok sige.«

Beeke kunne kun nikke. Hun iagttog forældrene, som omfavnede hinanden på den solfyldte gårdsplads og lo.

»De har købt ponyen til dig, 'Energi'. Din mor måtte først overbevises om denne plan, hun var bange for det helbred. Men din far og min Marita har brugt meget tid på at overtale hende i telefonen.«

Det klodsede hjerte i Beekes bryst blev nu så let som en ballon, det bankede vildt, men uden angst. Hun havde en fornemmelse, som om en vældig lethed trak hende op af hendes slugt, så hun nu kunne se bekymringerne ovenfra, skønt de for lidt siden syntes så uovervindelige. Men pludseligt de svævede afsted som sæbebobler og opløstes i horisonten. Hendes far havde talt med Marita om ponyen, bag stalddøren, ikke andet. Kromandens kønne kone var ikke forsvundet, fordi hendes far var blevet forelsket i hende. Det hele var anderledes, end Beeke havde frygtet. Og det var dejligt. Ponyen, moderen, faderen … hun ville aldrig blive syg mere, ville ride og tumle som de andre børn. Luftforandringen havde virkeligt gavnet hende, tænkte Beeke, og hun følte sig frisk og lykkelig.

Manden, som i Beekes øjne nu ikke længere var Maritas mand, men en venlig kroværrt, trådte tæt hen til hende. Beeke kunne se de utallige pletter på hans storternede skjorte, da han bøjede sig ned til hende.

»Du kan vel lide ponyen?«

Beeke nikkede ivrigt. Hun ville rejse sig og løbe hen til sine elskede forældre, omfavne dem og slippe al den lykke løs, som hun havde opdæmmet.

Men kroværrtens tunge hænder trykkede hende tilbage i stolen.

»Du må få hende, 'Energi', og min hestetrailer forærer jeg jer oven i købet. Hvad skal jeg med den, den minder mig bare om Marita.«

Han var så rar, denne mand.

Hun mærkede hans ubarberede kind mod sit øre, da han begyndte at hviske.

»Men jeg henter dyret tilbage igen, hvis du fortæller så meget som ét ord om de sække.«

Med vrangen udad

Charlotte Dorothea Mink så ud, som man kunne forvente med det navn: lille og usynlig med hendes naturskabte lille, magre krop. Grå øjne, gråt hår, grå hud, et eller andet sted mellem tredive og tres, altså et sted mellem de bedste og de sidste år for en kvinde.

En stivet, alt for bred krave med flæser, som indrammede en hals, som ragede op som en paddehat. Ingen smykker, for de ville have virket som gyldne juletræskugler på et totalt nåleløst grantræ efter helligtrekongers dag.

Det er ubehageligt for mig, ja næsten pinligt når jeg skal føre en retssag for mennesker, der er uattraktive, så uattraktive som frøken Mink. Når hun lukkede munden op og viste de sølle gule tænder, og med fistelstemme svarede på dommerens spørgsmål, ville jeg helst synke i jorden. En sådan klient er mere skadelig end en løbemaske på en silkestrømpe. Jeg er lidt indbildsk, det indrømmer jeg. Jeg vil hellere føre sager for kødfulde firmabosser, som er anklaget for seksualchikane, bare de er klædt i kashmir eller en anden form for naturstof. Frøken Minks strikketrøje var håndstrikket og knitrede ved enhver bevægelse. Dengang jeg mødte hende i varetægtsfængslet, fik jeg en lussing, da jeg ville give hånd. Siden dengang har jeg ikke rørt hende.

»Anklagede Mink, vi begynder i dag den sidste forhandlingsdag. Bevisførelsen er afsluttet og indtil nu har vi endnu ingen klar redegørelse fra Dem, hvorfor De på denne dag i april uden nogen synlig grund begik den forbrydelse, De er anklaget for.«

Ildspåsættelse. »Mega-Wash-Center A/S' kæmpebygning var på få timer forvandlet til murbrokker og aske. Ingen døde, gudskelov, et dusin let sårede, en brandmand med lårbensbrud samt en økonomisk skade på et par millioner euro, for slet ikke at tale om de over hundrede ødelagte arbejdspladser.

Interessen for denne sag var betragtelig. Det var også den eneste grund til, at jeg havde overtaget forsvaret af ildpåsætterksen. Næsten hver dag var der et billede af mig i den lokale avis, og jeg er virkelig fotogen, sommetider et par citater fra min mund:»Den anklagedes forsvarer holder fast ved, at der er formildende omstændigheder at tage i betragtning, idet sagsøgte ikke lader til at have lave motiver, og den ikke tidligere straffede hushjælp, Charlotte M., har begået ildspåsættelsen i affekt.«

Jeg indrømmer, at det ikke var særligt tilfredsstillende, hvad jeg indtil nu havde kunnet få oplyst.

Men man må også prøve at forstå Charlotte Mink. En ugift frøken, som slet ikke generedes af denne gammeldags titel, havde dag for dag, år ind og år ud, taget sig af andre folks beskidte tøj hos Mega-Wash. Når hun havde fødselsdag, medbragte hun et stykke førsteklasses smørkage til kollegaerne, men ellers var hun tilbageholdende. Tavst åbnede hun hele dagen ved det langsomtkørende bånd fremmede folks tasker og kufferter, poser og kasser, og fordelte det beskidte tøj i nummererede vasketøjsposer, broget, hvidt og skånevask. BH'er med bøjler blev altid vasket i hånden, ellers blev de dyre maskiner beskadiget. Men det hørte ikke ind under hendes arbejdsområde. Charlotte Mink sorterede kun.

»Hun har aldrig talt ret meget«, sagde hendes kollega, Susanne R. på anden forhandlingsdag under afhøringen.»Vi andre lavede ofte skæg under arbejdet. De kan slet ikke forestille Dem, hvad folk sådan kan iføre sig. Det er det rene vanvid. Babybleer til mandfolk i størrelse 58, det er sandt, alt det har vi oplevet. Eller trusser, med påskrifter som: 'Flå dem af mig, Baby'! Så kan vi le, så tårene løber ned ad kinderne, det kan De tro, hr. dommer. Men Charlotte har aldrig deltaget. Men vi kunne lide hende alligevel, hun gjorde jo ingen fortræd, og sit sorteringsarbejde passede hun til punkt og prikke.«

Indtil denne dag i april. Da havde Charlotte pludselig rejst sig og hentet dunken med renset bensin, som blev anvendt til særligt vanskelige pletter.

Dette øjeblik har jeg gennemgået med min klient mindst hundrede gange.

»Hvorfor rejste De Dem? Hvad var anledningen til at afbryde det vante arbejde? Var De rasende? På Deres trøstesløse liv, på de pjattede kollegaer eller på Dem selv?«

Men hun har aldrig givet mig et svar, i hvert fald ikke noget korrekt.

»Har jeg et trøsteløst liv?«

Hvad skulle jeg svare? Jeg er blevet skilt for anden gang, jeg vil vædde på, at frøken Mink aldrig har ladet en mand komme sig for nær. Min dag er spændende, som for hende reklamedamens, som reklamerer med kaffen med et halve koffeinindhold og med hele smagen. Frøken Mink drak kun kamillete. Jeg tjener månedligt et femcifret beløb og får endda ingen snavs på hænderne, i det mindste ikke bogstavelig betydning. Hun kontrollerede fremmede menneskers beskidte undertøj med henblik på vanskelige pletter og fik for dette et beløb, som lige netop lå over grænsen for bistandshjælp. Der var ingen tvivl for mig, – hun havde et forbandet trøstesløst liv.

»Jeg kunne bare ikke sidde mere«, sagde hun pludselig, i dag på sin sidste forhandlingsdag. Jeg sprang op. Også anklageren syntes at vågne op af sin dvale.

Frøken Mink så sig omkring i retssalen, hun syntes næsten at være lidt forbavset over sig selv.

»Forstår De ikke? Jeg kunne pludselig ikke sidde længere og se de bjerge med vasketøj passere forbi mig.«

Jeg sprang op som et lyn. »Har retten noget imod, at jeg stiller min klient et par spørgsmål?« Dommeren nikkede til mig.

Jeg så ned og rørte let ved kvinden, hvilket kostede mig stor overvindelse. Hun så op, og jeg så alvorligt ind i hendes udtryksløse ansigt.

»Frøken Mink, som vi allerede har hørt her i retssalen, er De ifølge psykologens mening absolut tilregnelig. Nu siger De til os, at De denne dag bare ikke kunne sidde mere, at De ikke var i stand til at klare Deres arbejde længere. Idet De jo nu står overfor os som et helt normalt menneske, så må vi forvente, dvs. anklageren, dommeren og jeg som Deres forsvarer, men også alle dem, som er blevet berørt af branden, at De giver os en plausibel forklaring på, hvordan denne reaktion opstod hos Dem. Frem for alt: Hvorfor rejste De Dem ikke bare og gik?

Nej, De overhældte alt vasketøjet i hele rummet og i naborummene med rensebenzin på en måde, så Deres kollegaer intet bemærkede. De lagde et strygejern med varmen indstillet på højeste temperatur i én af de benzin-gennemvædede bunker, og så gik De.«

»Ja, sådan var det,« sagde min klient og løftede skulderen, som ventede hun et møgfald.

»Ja, men hvorfor?«, spurgte jeg vendt mod salen, og bemærkede til min skræk, at min stemme lød lidt for bevæget.

»Det var på grund af sokkerne ...«

Jeg holdt vejret. Ingen sagde et ord. Frøken Mink havde sænket blikket.

»Forstår De? Sokkerne havde vrangen udad. Et eller andet menneske ...«, pludselig tiltog hendes stemme i styrke, ord for ord blev den fyldigere, så ordene næsten blev uforståelige. ...»Et eller andet menneske har om aftenen afført sig disse tingester og rullet det elastiske stof over sine svedende fødder. Strømperne kan ikke puttes i maskinen på den måde, vi må først vende dem.« Så så Charlotte Mink op, med et ryk så hun sig køligt rundt i den fyldte sal, som afslørede hun alle synderne på bænkene og på stolene. »For at vende retsiden ud af disse sokker igen er vi nødt til at stikke fingerne ind i denne slange og trække strømpetåen ud.«

»Hun foretog bevægelsen med sine knoklede fingre, hurtigt og pågående, igen og igen. Alle i retssalen stirrede på disse bevægelser.

Jeg lod stilheden hvile over salen en rum tid, for at trænge frem til hver en revne i rummet. Sommetider er tavsheden i en forhandling mere betydningsfuld end tusind velovervejede ord. Charlotte Mink stoppede ikke, som en pantomimiker sloges hun med de imaginære vasketøjsbjerge og fremdrog usynlige sokkeknuder. Og der kom et skær over hendes ansigt, som intet havde at gøre med den anonyme frøken fra de sidste dage. Endnu kunne man ikke afgøre, hvad dette udtryk kunne udvikle sig til. Jeg måtte bore dybere. Jeg måtte sætte mig i hendes sted.

Jeg skulle have hende venstre drejet.

»Undskyld, frøken Mink, de sorterer snavset vasketøj hele dagen, hvad var det, der var så slemt ved de sokker, at det kunne få Dem sådan i affekt?« Hun så op fra sine aktive hænder og så på mig. »Forstår De det ikke? Det sårer mig. Der er stor forskel på at berøre og ... at trænge ind ...« Det sidste ord pressede hun frem.

»Nej, det forstår jeg ikke!« Naturligvis forstod jeg hende. Jeg smilede til hende og det var slet ikke vanskeligt for mig at virke nedladende. Stakkels dumme pige, tænkte jeg, og hun vidste, at jeg tænkte sådan.

Hun rejste sig. Hun kunne ikke sidde længere. Nu havde jeg hende hvor jeg ville.

»Se ikke så overlegen på mig, De er da min forsvarer. Så tag mig i forsvar. Men hvordan skulle De kunne det, De kan jo slet ikke forstå det. Jeg vil vædde på, at De også sender vasketøjet til vaskeriet. Og jeg vil vædde på, at De også kramser Deres sokker sammen. De er skyld i det hele!«

Jeg sagde ingenting. Jeg smilede kun. Nu havde jeg vundet sagen. Og virkelig, hun vendte sig mod mig med et ryk, i hendes øjne glødede raseriet, og hendes hår rejste sig vildt.

Lynhurtigt greb jeg hendes håndled, få millimeter fra min hals. Jeg var overlegen i styrke, men det kostede store anstrengelser at holde hende fra at kvæle mig.

»Jeg kan ikke tåle det.« Hun skreg, den vilde, ru tone fyldte salen. »I stoffet hænger lugten af foden endnu, jeg kan mærke fodens fugtighed på mine hænder. Men det er ikke min lugt, og det er ikke min sved.«

Omsider kom to retsbetjente og tog fat i hende bagfra. De bøjede hendes arme om på ryggen, frøken Mink forsvarede sig, hun spyttede og sparkede og slog om sig. Naturligvis uden at have en chance for at ramme nogen. Men i mit indre opildnede jeg hende. Ja, slå du bare, vis dem din anden side, dit had og dit raseri. Og selvom det kun drejer sig om sokker, lige meget. Skrig det ud.

De to betjente skubbede frøken Mink ud af retssalen. Hun skreg som en stukken gris. Da dørene lukkede sig efter hende, blev der stille.

Dejligt stille. Lige den stilhed jeg kunne afbryde med mine ord.

»Jeg gentager min anmodning om formildende omstændigheder. Jeg ser det nu som bevist, at min klient, Charlotte Dorothee Mink, der ikke tidligere er straffet, har handlet i affekt, og ikke med forbryderiske hensigter.«

Dommeren nikkede. Jeg så det som et godt tegn. For mig var sagen afsluttet.

På en måde. Straffen havde været mild. To år, men ikke betinget, men man måtte ikke rejse indsigelse, det kunne let have været fem gange så meget.

»Med god opførsel er De ude igen længe før«, beroligede jeg Charlotte Mink. Hun nikkede kun. Stille og grå lod hun sig føre hen til cellen.

Det er nu ti år siden. Charlotte Mink er der stadig.

Jeg anede dengang ikke, at man havde anvist hende beskæftigelse i fængselsvaskeriet.

Zappet væk

Sommerpausen, endelig var den forbi. Tiden for de slappe efterabere tilhører gudskelov fortiden.

Viola Schmitzke rykkede i sofapuden, så den blev firkantet, lagde benene, som var trukket i et par bekvemme joggingbukser, på en taburet og hældte et glas sprudlende mineralvand op til sig selv. Hvis det skulle have passet til hendes humør, kunne det nu også være en lille piccolo-sekt, men Walter kunne ikke lide, hun drak alkohol. Han fandt det ikke fair, fordi han efter en operation for nogle måneder siden skulle holde lav profil med hensyn til alkohol.

Det var ikke så slemt. Hendes spændinger læstes i det øjeblik, reklamerne var overstået og hun endelig hørte kendingsmelodien.

Bliv millionær! Quiz-udsendelsen!

Walter kom ind. Han havde det ikke så godt i dag. Tungt lod han sig falde ned ved siden af hende, flød ud på polstringen og lagde benene på bordet. Straks i morgen ville han lade sin pacemaker justere. Han havde talt med lægen i telefonen:»Jeg har det ikke så godt, på en eller anden måde er jeg slap og svimmel.« Walter følte sig som en karklud. Det er ikke noget problem, sagde lægen. Man skulle dreje på et par knapper, og straks ville hjertet finde den rigtige rytme igen.

»Og hvem må jeg i dag til vores første runde bede komme her hen til bordet?« Studieværtens frisure var kortere i dag, men pænere, mere ungdommelig ... Viola sukkede.

»Nævn i rækkefølge fra vest de østfrisiske øers placering: A: Baltrum, B: Norderney, C: Juist, D: Spiekeroog.«

»C B A D!«, råbte Viola ophidset, men stille. Billedet rystede et kort øjeblik, blev grønt med små, flagrende punkter.«Det står stadigvæk et til et, ingen af holdene har en fordel...«

Viola så til siden. Walter havde snuppet fjernbetjeningen.

»Landsholdet« sagde han studst.

»Men kun et kort kig, ok?«, sagde hun og tøjlede sin stemme. Hun ville ikke ophidse ham. Når han følte, hvor gerne hun ville se det andet

program, så ville han nok bevidst …»Skifter du om igen?«
Uden at sige et ord, men med rullende øjne trykkede han på programknappen.

En dyrefilm: En kæmpehjort brølede ind i kameraet.

Kanal X: special agent Scully vågner ved siden af et slimet overjordisk væsen.

»Sikke noget lort«, sagde Walter.

»Walter, vil du ikke nok …«

Endelig quizzen igen. En sympatisk blondine sad på den eftertragtede stol. Hun var allerede nået til 1000 euro-spørgsmålet, og smilede endnu.

»Hvilket fornavn havde Goethe? A: Kurt Theodor, B: Johann Wolfgang, C: Karl-Heinz, D: Rolf-Dieter.«

»Jeg ved det«, sagde Viola…

»Jeg ved det«, sagde blondinen. Svaret er B: Johann Wolfgang!«

»Lige netop,« sagde Viola.

»Helt sikker?, spurgte den smarte studievært og løftede højre øjenbryn.

»Absolut« svarede Viola og blondinen som ud af én mund.

»Tror De ikke, det er Kurt Theodor von Goethe?«

Viola grinede nervøst. Hun elskede det, når spændingen blev bragt på bristepunktet. Det oplevede man virkelig kun i denne udsendelse. Alt det andet var …

Zapp. Mænd i gennemsvedte trikots omfavnede hinanden, tog tilløb og sprang over hinanden, væltede hinanden. »Et sensationelt mål fra hjemmeholdet. Det vil man tale længe om. To : et efter et perfekt hjørnespark og et perfekt skud.« Walter rettede sig lidt op.

»Skat, det er jo slet ikke din boldklub. Skal du se det nu?«

»Ja« sagde han, uden at vende blikket fra skærmen. Viola tog glasset i hånden, og sammen med mineralvandet sank hun også sit raseri. I sommerpausen havde Walter haft frit spil, formel 1 og Tour de France frem og tilbage. Men nu var det hendes tur. Viola snuppede den lille sorte fjernbetjening.

Walter knurrede. Hun trykkede.

To hjorte havde i en kamp fået deres gevirer filtret sammen, ledsaget af højlydt orkestermusik.

Med et alvorligt ansigt fortalte agent Scully sin flotte kollega om den skrækkelige oplevelse i sin seng.

Så klappede publikum, og blondinen strålede. Hun havde lige svaret rigtig på 32.000 euro-spørgsmålet. Og kun brugt én livline. Hatten af for hende.

»Vil De fortsætte?«, spurgte værten.

Om ikke hun ville.

»Hvilke egenskaber passer ikke på kunststoffer: A: polymer, B: elastisk, C: uforgængeligt, D: langtidsholdbart?«

Viola trak vejret dybt. Forbandet vanskeligt spørgsmål. Men for at få fireogtrestusinde stærke måtte der også ydes noget. Prøv med udelukkelsesmetoden, inspirerede hun i tankerne kandidaten.

»Jeg prøver med udelukkelsesmetoden,« sagde denne.

»Modig, modig« sagde studieværten og lænede sig tilbage i sin stol med et skeptisk ansigtsudtryk.

»Langtidholdbart er kunststof i hvert fald, ellers ville vi jo ikke noget affaldsproblem.«

Clever, tænkte Vera.

»Og fra kemiundervisningen kan jeg huske, at polymer har noget at gøre med lange molekylkæder, og det må passe på kunststof, derfor kan jeg også se bort fra A. Tja,« kvinden tøvede. Viola mærkede, hvordan hendes negle borede sig i håndfladen. »Så er der kun B og C tilbage, elastisk eller uforgængeligt, hmm ...

»Vil De bruge en livline?« Der lød en mumlen i studiet.

Den blonde hårtop vajede frem og tilbage, hun kunne ikke beslutte sig. »Hvad er kunststof ikke: elastisk eller uforgængeligt ...«

Viole spekulerede. Hvis hun sad på den stol, ville hun sætte alt på et bræt. Der var risiko ved spil!

»Ok, jeg satser«, sagde blondinen afgjort, »Spil er risiko!«

Var det muligt? Kunne kvinden læse tanker?

»Er de sikker«, spurgte værten igen. Han var vel nok en gavtyv.

»Nej, men jeg vover det. Og mit svar er: C!«

»Og det holder De fast ved?«

Viola kunne se skyggen af tvivl stryge over kvindens ansigt. Ville hun mon ombestemme sig?

Walter rev fjernbetjeningen fra hende. Der var lige halvleg. To atle-

tiske ældre mænd i blæsere diskuterede spillets finesser på scenen.
»Åh, Walter, gør det ikke. Det kan du ikke nænne lige nu. Det var
så spændende.!«
»Hold lige kæft, skat«, gryntede han.
Hvorfor gjorde han det? Hvorfor lyttede han nu til den fagsnak
imellem de to gamle udtjente spillere? Om forsvaret havde været for
svagt, eller målmanden en nitte, han kunne jo ikke ændre noget ved
det, spillet blev også afviklet uden Walter Schmitzke. Havde han slet
ikke bemærket, at det ved »*Bliv millionær*« drejede sig om det hele?
Hvad nu, hvis kunststof kunne ødelægges, men i stedet var elastisk?
»Nu vil jeg gerne se min quiz!« Viola skubbede sit hoved mellem
hans øjne og fjernsynsapparatet. Han skubbede hende til side, som
viftede han en ubehagelig flue væk.
»Gør mig ikke nervøs, skat!«
I lange slurke tømte hun sit glas, men det hjalp ikke, hun kogte af ra-
seri. Hun greb efter fjernbetjeningen, men han holdt den uden for ræk-
kevidde i sine stærke mandfolkearme. Fodboldeksperterne drøftede lige,
om ham liberoen fra det førende hold nu var en gevinst for landsholdet.
Den ene mente det, men den anden tvivlede. Sikken en gang sludder.
Langsomt fjernede Viola fødderne fra taburetten og rejste sig op.
Knælende bag ham lagde hun langsomt fingrene om hans hals. Han
for sammen. En hengivende nakkemassage havde altid gjort ham blød i
koderne, kraftigt og samtidigt blidt æltede hun hans behårede nakke.
Men han rystede hende bort. »Ikke nu, skat. Du ved jo, jeg ikke har
det så godt i dag.«.
Hun trak sine hænder til sig og krøb op i sofahjørnet. Klumpen i
hendes hals voksede og blev til en fysisk smerte.
Reklamepause. Det private fjernsyns velsignelse!
»Se nu, skat, jeg skifter allerede tilbage« sagde Walter og sigtede
med fjernbetjeningen.
Fulgt af ordinære lyde besteg hjorten sin græssende då. »Se nu der,
hvor dejligt«, sagde Walter.
»Walter!«
Zapp. Den slimede overjordiske var lige i færd med at kravle ind på
bagsædet fra agent Scullys tjenestevogn.
Og så: »Ja« jublede Viola. Blondinen holdt stadig ud. I mellemtiden

havde hun brugt alle livliner. Studieværten i stort format viste, at der på hans ungdommelige ansigt viste sig nogle svedperler. Han så lige i kameraet.

»Kære seere her i studiet og hjemme ved skærmen, det er ikke til at fatte: I første quizudsendelse efter sommerpausen når den første kandidat, denne yndige unge kvinde, helt til tops, så jeg nu kan stille hende *en million euro-spørgsmålet*. Er De klar?«

Åh ja, Viola var klar. Hun havde allerede været så nervøs sammen med mange deltagere i denne udsendelse, allerede ved de naive første spørgsmål havde hun investeret al sin energi og alle gode ønsker i dette program. Og denne kvinde, denne bedårende, kønne, unge kvinde som projektørerne nu rettedes imod, havde hun helt taget til sit hjerte. Om det nu var åndeligt slægtskab, eller det var en særlig form for sympati, Viola vidste, at hvis denne kvinde svarede rigtigt på det næste spørgsmål, ville det også være en gevinst for hende. Det drejede sig jo slet ikke om pengene, det drejede sig om …

Det drejede sig om princippet, ja, det var sagens kerne.

»Hvor tung bliver en blåfinnetunfisk?«

Av for den, tænkte Viola.

A: 100 kg, B: 250 kg, C: 500 kg, D: 1000 kg.

Tavshed. Nogle sekunders absolut tavshed i studiet. Også Viola holdt vejret. Kun Walter gnavede støjende på en saltstang.

»Jeg gentager *millionspørgsmålet*,« sagde studieværten dramatisk. »Hvor tung bliver en blåfinnetunfisk? A: 100 kg, B: 250 kg, C: 500 kg, D: 1000 kg?«

De viste deltagerens ansigt. Et af hendes øjenvipper dirrede nervøst, små sveddråber svulmede op på hendes overlæbe, hun strøg tungen hen over dem, men hun sagde ingenting.

Viola skubbede fingerneglene ind under fortænderne og tyggede. Kun i yderst spændte situationer greb hun sig i at bide neglene. Dette var sådan et øjeblik.

»Vil De stoppe?«, spurgte værten. Man kunne se på ham, at han håbede, hun ville gøre det.

Ja, stop, stop, tryglede Viola.

»Nej, jeg vil svare på dette spørgsmål,« sagde blondinen med forbavsende fast stemme.

»Kender De svaret?«, spurgte quizmasteren tvivlende.

Men hun trak på skulderen. »Nej, jeg vil gætte. Jeg aner intet om fisk og har heller ikke flere livliner, derfor må jeg gætte!«

Kameraet strejfede hen over publikum, man så måbende ansigter. »Tænk godt over det,« sagde studieværten indtrængende. Femhundredetusinde euro er en mere end betragtelig sum, som De nu har sikkert i lommen. Hvis De svarer forkert, går De tomhændet herfra.«

»Jeg er ligeglad, jeg gætter«, blev han afbrudt af den kvindelige deltager.

»Det er ikke muligt«, skreg Viola ind i fjernsynet.

Walter for forskrækket op. Han måtte have sovet. Hvordan kunne denne mand snue fredeligt i sådan et øjeblik? Det drejede sig jo om alt eller intet.

»Jeg siger: Svar D er det rigtige.« Kvindens ansigt fyldte hele billedskærmen.

Derefter værten i stort format. »Hvad gør dem så sikker?«

Igen et træk på skulderen. Det kunne da ikke passe.

»Min hund hedder Dagobert, det begynder også med D.«

Små latterudbrud fra publikum. Viola var ved at blive kvalt af grin.

»Det ville jo betyde, at De tror, at en blåfinnetun kan komme til at veje op til 1000 kg? Det betyder at De tror, det er muligt, at sådan en lille, sød tunfisk, som vi kender den fra dåsen eller på pizzaen, i hel, udelt tilstand kan få en vægt til at vise et helt ton? De tror altså, at dette dyr vejer ligeså meget som en VW-Polo?

Igen en tvungen munterhed blandt publikum.

»Egentlig tror jeg det ikke, men jeg har jo sagt, at jeg gættede. Og så stoler jeg på mit held og vælger D som Dagobert!«

»Virkelig?« Studieværten kunne næsten ikke styre sig, man så på ham, at det ikke kunne vare længe, inden han mistede sin selvbeherskelse. Fra den side kendte Viola ham ikke. Hun var ved at blive tosset.

»D«, sagde blondinen kun.

»Godt, hvis De vil have det på den måde. Så kommer jeg med svaret på *en million Euro spørgsmålet.*«

Tavshed, stirren, spænding.

»Det rette svar er: Den tungeste blåfinnetun, fanget af professionelle fiskere vejede ...«

Zapp. »Der mangler 20 minutters spilletid, og det står stadigvæk to:to.«

»Walter«.

Viola sprang op. Hendes mand sad afslappet på sofaen med en halv saltstang i munden. »Hvad er der skat?«

»Skift! Skift! *Skift!*«

Hun greb med begge hænder efter fjernbetjeningen og trak. Han holdt tingesten fast omklamret. »Bare slap af, skat«

»Jeg vil se min quiz«, skreg hun til ham, som hun aldrig havde skreget i deres tyveårige ægteskab.

»Den er da næsten færdig« skreg han tilbage, og hun bemærkede, at han ikke kaldte hende skat længere, hvilket var et alvorligt tegn. Men hun var ligeglad. Nu stod alt på spil. Alt eller intet. Hun kneb ham i overarmen, hendes lange fingernegle borede sig ind i hans kød.

»Av for satan, det gør ondt!«

»Giv mig fjernbetjeningen!«

Han skubbede apparatet ind under sin balle og rakte tunge ad hende Viola bøjede sig over hans skød, og prøvede at skubbe ham til side, men han var så tung, så enormt tung, hun kunne ikke flytte ham så meget som én centimeter.

»Hold op,« brølede han. Hans åndedræt lød gispende. Måske kunne hun klare det alligevel. Han prøvede at skubbe hende ned fra sig, da bed hun ham i låret, så hårdt og aggressivt, som hun kunne. Walter skreg og flyttede sig. Så følte hun endeligt det lille kantede, glatte apparat med knapperne. Hun snuppede det hurtigt, rejste sig op og rettede det mod hans bryst.

»Jeg slukker for dig, dit svin« sagde hun langsomt og hadefuldt, mens hun blev ved med at trykke på den røde knap. Han så hende direkte i øjnene. Først var hans ansigt rasende, så ængsteligt og overrasket. Så skiftede dette udtryk til et fredfyldt, næsten kærligt udtryk, og han slappede af under hende.

Nå, endelig havde han fattet det. Hun havde vundet. Han kunne ikke behandle hende, som han ville.

Viola gled langsomt ned ad hans ben og vendte atter hovedet mod fjernsynet.

Zapp. En majestætisk då ammede en sød lille Bambi.

Special agent Scullys bil eksploderede, og den slimede overjordiske medpassager blev flået i tusind stykker, som flagrede hen over billedet.

Nu måtte det komme. Quizzen. Åh Gud, hvor var hun dog spændt på, om svaret D havde været korrekt. »Bliv millionær!«

Reklamepause.

Reklamepause?

»Åh nej, Walter. Jeg hader dig. Nu er jeg gået glip af det. Nu må jeg spørge de andre på kontoret i morgen tidlig, om blondinen vandt eller ej. Dit møgdyr!«

Hun gav ham et voldsomt stød i siden.

Han vaklede. Hvordan kunne han være så ligeglad?

Rasende af galskab skiftede hun over. »Se du kun dit åndsvage fodboldspil færdigt. Jeg går i seng.«

Hun rejste sig. Han væltede.

Åndsvagt grinende blev han liggende.

»Walter?« Intet svar.

»Så har du i hvert fald heller ikke set dit program færdigt. Det er i det mindste fair!«

Viola ryddede vandglasset og saltstængerne fra bordet.